AF236464

Gretas Erzählung

Die verlorenen Weihnachtskugeln

Das Buch

Nach dem Tod seiner Mutter beschließt Daniel Gruber, eine Stelle als Meteorologe in deren Heimatdorf im Salzburger Land anzunehmen und das Haus der Familie zurückzukaufen. Dort entdeckt sein Sohn Julian auf dem Speicher eine Kiste mit Weihnachtskugeln, die ihn sofort in ihren Bann ziehen.
Die Nachbarin Greta erzählt ihm daraufhin die Geschichte von zwei Waisenkindern, die von ihrem Onkel ausgebeutet und schikaniert wurden und in ihrer Verzweiflung zusammen mit den Schwabenkindern über die Alpen wanderten, um Arbeit zu finden. Schweren Herzens mussten sie die geliebten Weihnachtskugeln, die sich schon seit Generationen in der Familie befanden, zurücklassen ...

Die Autorin

Barbara Herrmann ist in Karlsruhe geboren und in Kraichtal-Oberöwisheim aufgewachsen. Ihre Liebe zu Büchern und zum Schreiben begleitete sie während ihres ganzen Berufslebens als Kauffrau. Nach ihrem Eintritt in den Ruhestand sind mehrere Bücher (Romane, Reiseberichte, humorvolles Mundart-Wörterbuch) von ihr erschienen. Heute lebt die Mutter zweier Söhne mit ihrer Familie in Berlin.

Barbara Herrmann

Gretas Erzählung

Die verlorenen Weihnachtskugeln

Bibliografische Information der Deutschen Nationalbibliothek: Die Deutsche Nationalbibliothek verzeichnet diese Publikation in der Deutschen Nationalbibliografie; detaillierte bibliografische Daten sind im Internet über dnb.d-nb.de abrufbar.

© 2021 Barbara Herrmann
Kontakt über: heidezimmermann.de
Redaktion: friedericke - Magazin

Herstellung und Verlag: BoD – Books on Demand, Norderstedt
ISBN 9783754343845

Coverfoto: Pixabay-mountaineering-2124113
mountain-hut-1797562_1920
moon-4606246_1920
christmas-2975403_1920
sisters-1102036_1920
kid-6344310_1920
sleigh-ride-549727_1920

Lektorat & Textredaktion: Friedericke -Magazin

Der Umzug

Was für eine Aufregung. Julian und Sofia saßen ordentlich angeschnallt auf dem Rücksitz des betagten Familienautos, das scheppernd im zweiten Gang die kurvenreiche Bergstraße hochächzte.

»Mama, wann sind wir denn da?«, fragte die neunjährige Sofia, während sie das Buch zuklappte, in dem sie die ganze Zeit gelesen hatte.

»Nur noch zehn Kilometer«, antwortete ihre Mutter Pauline, die sich halb umdrehte und ihr zulächelte.

»Ooch, das ist aber noch weit«, maulte Julian, der auf seinem Sitz mitsamt dem Gurt etwas nach vorne gerutscht war. Dabei ließ er die Beine gegen die Rücklehne des Fahrersitzes baumeln, sodass er seinem Vater rhythmisch in den Rücken trat.

»Mir ist so langweilig, Mama!«, rief er und warf seine Beine immer schneller gegen den Sitz.

»Aufhören, du Monster!«, schrie sein Vater so laut los, dass Julian vor Schreck zuerst erstarrte und dann in Tränen ausbrach.

»Was soll denn das, Daniel?«, herrschte Pauline ihren Mann an. Ihre Stimme bebte, ihre Augen blitzten, und auf ihrer Stirn hatte sich eine tiefe Furche gebildet. Sie hatte Mühe, vor den Kindern nicht gänzlich die Beherrschung zu verlieren.

Daniel schüttelte den Kopf.

»Reg dich bitte nicht auf, Pauline, mir ist nur kurz der Gaul durchgegangen.«

Er schaute sie bittend an.

»Wenn dir einer ununterbrochen im selben Rhythmus ins Kreuz tritt, während du dich auf den Verkehr konzentrieren musst, dann verlierst auch du die Beherrschung.«

Er nahm die rechte Hand vom Lenkrad und strich ihr beruhigend über den Arm. Dann blickte er in den Rückspiegel und sah seinem Sohn in die Augen.

»Ich habe das nicht so gemeint, Julian. Du hast mir zwar nicht wehgetan mit deinen Füßen, aber du hast mich vom Fahren abgelenkt. Da kann schon mal ratz-fatz ein Unfall geschehen, wenn man unaufmerksam ist. Das solltest du wissen, du bist doch schon elf Jahre alt. Entschuldige bitte, dass ich so laut geworden bin.«

Julian wischte sich mit dem Handrücken die Tränen aus den Augen.

»Ist schon gut, Papa. Ich habe es ja verstanden«, schniefte er.

»Na, dann können wir ja wieder nett zueinander sein.«

Daniel lächelte und nickte ihm durch den Rückspiegel zu.

»Wir sind auch in wenigen Minuten da, dann ist es vorbei mit der Langeweile.«

Julian gab sich zufrieden und sah aus dem Fenster. Doch wie hier die Langeweile vorbei sein sollte, das konnte er sich nicht vorstellen. Hier waren überhaupt keine Leute unterwegs, und es kamen ihnen auch kaum Autos entgegen. Es gab nur Felder, Wiesen und Bäume, ganz wenige Häuser, keine Läden mit Schaufenstern, keine Spielplätze, aber viele hohe Berge und Kühe auf den Wiesen. Er stöhnte laut und sah seine Schwester an.

»Denkst du, dass die Langeweile da oben in dem Dorf vorbei ist?«

Sofia schüttelte den Kopf.

»Nein, das glaube ich nicht. Hier ist es einfach nur grässlich. Und es gibt gar nichts für Kinder. Ich möchte wieder zurück nach Wien zu Oma.«

Sie zog eine Grimasse und blickte aus dem Fenster.

»Wir sind da«, sagte Mama Pauline kurze Zeit später und deutete auf ein Ortsschild mit dem Namen *Wiesen*.

Julian schüttelte den Kopf.

»Heißt das Dorf *Wiesen*, weil es hier so viele Wiesen gibt?«

Daniel lachte.

»Stimmt, der Name passt zufällig. Vielleicht kann man ja nachlesen, woher das Dorf seinen Namen bekommen hat«, erklärte er, während er das Auto vor dem Haus parkte.

Es war ein schönes großes Haus, das mit seinen grauen Steinen aussah, als hätte es jemand in den Felsen hineingeschoben. Das Dach reichte fast bis auf den Boden, die Fenster waren klein und die Fensterläden dunkelbraun. Vor dem Haus stand eine Sitzbank aus Holz.

Das alles interessierte Julian und Sofia aber überhaupt nicht. Die trauerten in Gedanken ihren Freunden und der lebhaften Stadt nach, in der sie bislang gelebt hatten.

Sie hatten zwei schöne Kinderzimmer oben im zweiten Stock, der über eine schmale Holzstiege zu erreichen war. Auch der große Flur davor lud zum Spielen ein. Das Haus war schon mit ihren Möbeln aus Wien eingerichtet, alles war fast wie von Geisterhand geschehen. Als sie mit dem Auto losgefahren waren, hatte sich auch ein großer Lastwagen mit vielen Männern auf den Weg gemacht. Während sie selbst noch ein paar Tage bei Oma und Opa, Mamas Eltern, zu Besuch blieben, räumten die Männer die Möbel ins Haus. So war jetzt alles schön gemütlich geworden.

Das Elternschlafzimmer, zwei Gästezimmer und das Bad waren im ersten Stock, und im Erdgeschoss befanden sich das Wohn- und das Esszimmer, die Küche, eine Toilette und Mamas großes Arbeitszimmer. Sie arbeitete als Illustratorin von zu Hause aus, während Papa als Meteorologe hierher ins Salzburger Land versetzt worden war. Er würde oben auf dem Berg zusammen mit einem Kollegen die Wetterstation und die Lawinenüberwachung übernehmen. Dazu musste er jeden Tag mit der Seilbahn hochfahren und die letzten beiden Kilometer bis zur Station hochwandern. Er hatte den Kindern erzählt, dass man früher, als es noch keine Seilbahn gab, den ganzen Weg zu Fuß zurücklegen musste. So war er froh, dass es jetzt diese Seilbahn gab.

Seit ein paar Tagen waren sie nun hier eingezogen,

aber für Julian und Sofia gab es nichts, das sie interessierte. Selbst die Kühe vom Nachbarn standen nur langweilig auf der Wiese herum.

Andere Kinder kannten sie noch nicht, denn sie hatten noch zwei Wochen Ferien. Danach würden wieder jeden Tag alle Kinder aus den kleinen Dörfern ringsherum eingesammelt und in die Kreisstadt zum Unterricht gefahren. Das hatte ihnen Mama bereits vor Monaten erzählt. Mittlerweile wussten sie, dass in ihrem Dorf nur sechs Kinder wohnten, davon waren zwei erst sieben, die anderen vierzehn und fünfzehn Jahre alt. Es gab also niemanden hier, der zu ihnen passte. Und an Mamas Trost, dass bestimmt viele Kinder in der Schule seien, die zu ihren Freunden werden könnten, wollte Julian auch nicht so richtig glauben.

Auch heute streifte er gelangweilt durch das neue Haus und wusste nicht, womit er sich beschäftigen sollte. Als er am Zimmer seiner Schwester vorbeikam, blickte er durch die offene Tür. Sofia saß auf dem Boden und spielte mit ihren Puppen.

»Kommst du mit nach draußen?«, fragte er.

Nach kurzem Nachdenken schüttelte sie den Kopf. »Nein, was soll ich denn da? Da ist es langweiliger als hier.«

Sofias Puppen leisteten ihr immer noch durch ihre Anwesenheit etwas Gesellschaft, und außerdem war sie eine Leseratte, sodass sie weniger mit Langeweile zu kämpfen hatte als ihr Bruder, der sich nun wieder alleine eine Abwechslung suchen musste. Aber was sollte er tun?

Mut- und ideenlos stand er auf dem Flur vor den Kinderzimmern und tastete mit seinen Augen den Raum ab. In der Ecke war eine kleine Zugleiter aufgeklappt, die zum Speicher führte. Mama hatte vorhin etwas dort oben gemacht und wohl die Leiter nicht wieder eingefahren.

Er überlegte kurz, aber dann konnte er der Versuchung nicht widerstehen und schlich nach oben. Dort war ihm plötzlich, als wäre er in einer Schatzkammer angekommen. Lauter Holzkisten zwischen alten Möbeln, ein Schaukelpferd und viele andere Dinge, die er nicht zuordnen konnte. Julian fühlte sich wie auf einem Besuch im Abenteuerland. Aufgeregt durchstöberte er alle Kisten und Schränke, die er öffnen konnte, streichelte alte Blechspielsachen, wie zum Beispiel kleine Karussells, Autos und bunte Vögelchen, die man aufziehen konnte und die sich dann drehten, fuhren oder hüpften. Er staunte nicht schlecht, als er merkte, dass ihm das sehr viel Spaß machte, weil er diese einfachen Dinge gar nicht kannte. Er spielte eher mit dem Computer oder gerade mal noch mit seinem Technikbaukasten. In einer Ecke fand er alte Kinderbücher, Bauklötze und eine Holzeisenbahn.

Nun öffnete er eine Holzkiste, die voller Kleidungsstücke war. Zuerst wollte er sie gleich wieder schließen, dann aber entschied er sich, richtig nachzusehen. Nachdem er mit den Armen die Pullover hin- und hergeschoben hatte, fand er ganz unten eine kleinere Kiste, die mit einem Eisenriegel verschlossen war.

Er nahm die Kiste heraus und setzte sich damit auf den Fußboden. Es dauerte eine ganze Weile, bis er mit seinen kleinen Fingern den verrosteten Riegel aufschieben konnte. Als es ihm gelungen war, öffnete er vorsichtig den Deckel, und es leuchtete ihm lauter bunter Weihnachtsbaumschmuck entgegen. Weihnachtskugeln mit feinen Ornamenten, silberne Tannenzapfen, Engelchen sowie silberne Vögelchen mit Schwänzchen aus weichen, weißen Büscheln. Er fasste alles ganz vorsichtig und ehrfürchtig an, weil es so zerbrechlich aussah.

»Wow, ist das schön«, flüsterte er. »So einen schönen Baumschmuck habe ich ja noch nie gesehen.«

Vorsichtig legte er die Kugeln zurück und verschloss die Kiste wieder. Spontan nahm er sie mit hinunter auf sein Zimmer und schob sie unters Bett. Er erzählte niemandem, welch kostbaren Schatz er gefunden hatte.

Die Spielsachen hätte er sich auch noch gerne heruntergeholt, obwohl er eigentlich schon zu groß war für dieses kleine Blechspielzeug. Trotzdem hätte er es am liebsten in ein Regal gestellt, um es immer anschauen zu können, so beeindruckend und spannend fand er das Spielzeug. Ob Mama einverstanden wäre, wenn er das machte?

Als Julian an der Küchentür vorbeikam, ging er hinein und öffnete den Kühlschrank. Nach einigem Suchen griff er zu einem Wiener Würstchen und biss ein Stück davon ab. Dann rannte er aus dem Haus und den Bürgersteig entlang. Kurz danach stoppte er, weil er eine

Stimme hörte.

»Hallo Kleiner!«, rief es aus dem Haus gegenüber. Angestrengt tastete er mit den Augen die Fenster ab, aber die Gardinen verdeckten die Glasscheiben.

»Hallo, hier bin ich!« Eine krächzende, fast leise Stimme. Dann wackelte der Vorhang am rechten Fenster.

»Kannst du bitte mal kurz rüberkommen und mir helfen?«

Julian zögerte noch einen Moment, dann rannte er auf die andere Straßenseite und blieb vor dem Fenster stehen.

Eine faltige Hand schob langsam die Gardine zur Seite, und ein ebenso faltiges, aber freundliches Gesicht erschien hinter der Scheibe.

»Das ist aber schön, dass du stehen geblieben bist. Gehörst du zu der neuen Familie, die in das Haus eingezogen ist?«, wollte die alte Frau wissen.

»Ja.«

»Dann sei doch so lieb und bitte deine Mutter, kurz zu mir rüberzukommen. Ich bin vor ein paar Tagen ausgerutscht und hingefallen, und nun kann ich nicht einkaufen gehen.«

»Oh, das mache ich gleich.« Julian nickte ihr lächelnd zu und rannte zurück nach Hause.

»Mama, Mama«, rief er, als er die Wohnzimmertür aufstieß.

»Was ist denn los? Warum bist du denn so aufgeregt?«

Er fasste seine Mutter an der Hand.

»Komm mit, die alte Frau gegenüber bittet dich um Hilfe. Sie ist hingefallen und kann nicht laufen.«

Pauline legte ihr Staubtuch zur Seite.

»Du hast recht, da müssen wir gleich helfen.«

Gemeinsam hasteten sie zum Haus der Nachbarin. Die Haustür ließ sich leicht öffnen, und nach einem kurzen Klopfen traten sie ein.

»Guten Tag«, sagte Pauline und reichte der alten Frau freundlich die Hand.

»Ich habe von Julian gehört, dass Sie Hilfe benötigen. Was kann ich denn tun?«

»Erst einmal möchte ich mich vorstellen. Ich bin Greta und lebe alleine hier. Normalerweise kann ich mich noch selbst versorgen, auch wenn ich ein bisschen langsam unterwegs bin.«

Greta lächelte und zwinkerte mit dem rechten Auge. »Aber eine Fünfundneunzigjährige, die darf ruhig langsam sein.«

»Das stimmt. Nein, das ist sogar bewundernswert, wenn Sie das alles noch so gut leisten können. Immerhin haben Sie ja ein Haus zu versorgen.«

Pauline hob die Hand und reckte den Daumen nach oben.

Greta nickte.

»Aber vor ein paar Tagen habe ich beim Fensterputzen nicht richtig aufgepasst und bin von meinem Schemel heruntergefallen.«

»Ach herrje, ist Ihnen was Ernstes passiert?«

Erschrocken fasste sich Pauline an den Mund.

Greta verdrehte die Augen wegen ihrer eigenen

13

Dämlichkeit.

»Nichts Schlimmes, nein. Ich bin umgeknickt, und jetzt kann ich eben nur unter großen Schmerzen laufen.«

»Soll ich Ihnen das Bein mit einer kühlenden Salbe einreiben und mit einer Binde stabilisieren?«

»Nein danke, das ist nicht nötig. Ich wollte Sie fragen, ob Sie mir ein paar Lebensmittel mitbringen, wenn Sie einkaufen gehen.«

»Das mache ich gerne. Wir können Ihnen in den nächsten Tagen auch das Mittagessen bringen, wenn Sie mögen, damit Sie ihr Bein schonen.«

»Ja, das ist ganz lieb von Ihnen. Vielen Dank.«

Pauline schüttelte den Kopf.

»Sie müssen sich nicht bedanken. Das ist doch selbstverständlich. Ich gehe jetzt rüber ins Haus, mache Ihnen eine Thermoskanne mit Tee und richte einen kleinen Snack und etwas Obst her. Die Kinder bringen Ihnen das in ein paar Minuten.«

Greta strahlte, ihre Augen glänzten. Was für eine nette Familie. Was für ein Glück. Sie hatte zwei Tage lang nur von Butterbrot und Tee gelebt und freute sich, nun wieder anständige Mahlzeiten zu bekommen.

Kurze Zeit später brachten Julian und Sofia einen prall gefüllten Korb mit Köstlichkeiten und einem vorzüglichen Kräutertee. Greta ließ es sich schmecken und freute sich, dass sie von den beiden Kindern nebenbei prima unterhalten wurde. Sie erzählten ihr von ihrem Umzug, ihrer Langeweile und dem Unbe-

14

hagen, nicht zu wissen, wie es in der neuen Schule sein würde.

»Aber ihr habt doch hier die Natur und viele Tiere. Das ist ganz anders als das, was ihr von der Stadt kennt«, gab Greta zu bedenken.

»Eure Eltern haben auch einen Stall, glaube ich, da könnt ihr Hühner halten und jeden Tag ein frisches Ei aus dem Nest holen. Ihr könntet euch aber auch einen Hund und eine Katze als eure guten Freunde anschaffen.«

Julian holte tief Luft.

»Ach, ich glaube, das dürfen wir nicht. Mama sagt immer, dass Tiere so viel Arbeit machen.«

Greta bekam große Augen und winkte ab.

»Papperlapapp, aber doch nicht hier in einem Bergdorf. Das sind Meinungen aus der Stadt. Weißt du was? Ich werde mal ein gutes Wort für euch einlegen, wenn eure Mama bei mir zu Besuch ist. Bis dahin können wir Brettspiele machen oder auch Märchen und Geschichten erzählen.«

»Darf ich dich mal was fragen?«

»Was denn?«

»Weißt du, ob in unserem Haus mal Kinder gewohnt haben?«

Greta nickte.

»Ja, das ist aber schon ganz lange her. Seit vielen Jahren hat in eurem Haus niemand mehr gewohnt. Warum fragst du?«

»Ich war auf dem Speicher und habe kleines Blechspielzeug gefunden, das mir sehr gut gefallen hat. Am liebsten würde ich es in ein Regal stellen. Aber ich weiß nicht, wem es gehört und ob ich das darf.«

»Ah, das besprichst du am besten mit deinen Eltern.«

»Ich habe noch was Schönes gefunden.«

Julian blickte ängstlich drein. Ihn plagte ein bisschen das schlechte Gewissen, weil er die Kiste ohne zu fragen mit in sein Zimmer genommen hatte.

»Was hast du denn so Geheimnisvolles gefunden?«, wollte Sofia wissen.

»Eine Kiste mit wunderschönen Weihnachtskugeln.«

Sofia fand das langweilig. Im Sommer Weihnachtskugeln, wie peinlich von ihrem Bruder.

»Kannst du uns eine Geschichte erzählen, Greta?«, fragte sie stattdessen.

»Ja, gleich.«

Greta wandte sich Julian zu.

»Sag mal, die Weihnachtskugeln, was ist mit denen? Warum findest du die so gut?«

»Ich weiß nicht. Ich habe noch nie so schönen Baumschmuck gesehen, und die Kugeln haben mich so angestrahlt, dass ich sie mit auf mein Zimmer genommen habe, ohne meine Eltern zu fragen.«

Gretas Weihnachtsgeschichte

Greta schaute zuerst aus dem Fenster, dann fasste sie Sofia am Arm.

»Du wolltest doch eine Geschichte hören. Ich weiß eine, in der es zufällig um Weihnachtskugeln geht. Also ist das auch was für Julian, der heute die Kiste mit den Kugeln gefunden hat.«

»Ist das eine schöne Geschichte?«, fragte Sofia zweifelnd.

Greta ging erst einmal nicht auf die Frage ein, sondern wandte sich an Julian.

»Läufst du mal schnell rüber und holst uns die Schatulle mit den Weihnachtskugeln?«

Er stand sofort auf.

»Mach ich.«

Nur wenige Minuten später kam er zurück und stellte die Kiste auf den Wohnzimmertisch. Dann setzte er sich wieder zu den beiden anderen.

»Es ist eine traurige und zugleich auch schöne Geschichte. Außerdem ist es ein zu Herzen gehendes, wahres Ereignis aus unserem Dorf, das schon seit mehreren Jahrzehnten allen Kindern immer wieder zur Weihnachtszeit erzählt wird, weil darin die Nächstenliebe und die Barmherzigkeit eine große Rolle spielen«, erklärte Greta und strich sich mit der rechten Hand über die Wange.

»Ist das die Geschichte vom Jesuskind?«, überlegte Julian laut. Die würde er jetzt wirklich langweilig finden, weil er sie natürlich schon kannte. Sie wurde nämlich immer an Heiligabend von seiner Mama vorgelesen. Aber das konnte eigentlich gar nicht sein. Greta sprach ja von einer wahren Geschichte aus dem Dorf, und das Jesuskind hatte nicht hier gelebt, sondern in Jerusalem.

»Nein, natürlich nicht. Ich erzähle euch doch nicht mitten im Sommer die Weihnachtsgeschichte aus der Bibel«, erklärte Greta, lachte laut und zwinkerte ihnen zu. Währenddessen rückte sie mithilfe der Kinder ihren Sessel näher ans Fenster und schickte die beiden zum Sofa, um ein paar weiche Kissen zu holen, damit sie sich vor ihr auf den Boden setzen und gleichzeitig auch aus dem Fenster schauen konnten.

Als endlich alle Vorbereitungen getroffen waren, blickte Greta durch ihre Brille in vier neugierige, große Augen zu ihren Füßen.

»Mein Gott, ist das alles lange her«, flüsterte sie. »Gib mir bitte mal die Schatulle mit den Weihnachtskugeln, Julian.«

Er nickte und brachte ihr die offene Holzkiste. Vorsichtig nahm Greta eine Kugel in die Hand und legte sie in ihren Schoß. Und dann noch eine und noch eine.

Ganz zuunterst lag ein zusammengefalteter Zettel, von Kinderhand beschrieben, den sie laut vorlas:

Liebe Eltern und kleine Schwester, wir vermissen euch so

18

sehr. Warum musstet ihr uns verlassen? Warum seid ihr alle gestorben? Uns geht es nicht gut hier bei Onkel Heinrich, und deshalb werde ich mit Elena heute weggehen. Ich bitte euch, behütet uns auf unserem schweren und langen Weg. Die Weihnachtskugeln, die wir alle so sehr geliebt haben und immer am Jahresende das Symbol unserer Liebe und unserer Dankbarkeit für ein gutes Jahr, für die Geburt Christi und seine beschützende Hand waren, haben uns kein Glück und auch keinen Schutz mehr gebracht, obwohl ich sie im Koffer aufbewahrt habe. Ich verstecke sie nun bei Onkel Heinrich auf dem Speicher, weil wir sie nicht mitnehmen können. Es gibt so lange kein zufriedenes Weihnachtsfest mehr für uns beide, bis wir die Weihnachtskugeln wieder selbst an einen Baum hängen und sie leuchten sehen können.

Euer Sohn und Bruder Benedikt

Julian stand daneben, und als er das hörte, fielen ihm bald die Augen aus dem Kopf.

»Dann wohnen jetzt also wir in dem Haus, wo Benedikt und seine Schwester so traurig waren, die Weihnachtskugeln versteckten und dann weggingen?«

Greta antwortete nicht auf seine Frage. Ihre Augen blickten in die Ferne, sie strich sich über die Stirn, als müsste sie die ganzen Erinnerungen aus ihrem Kopf herausstreicheln.

»Benedikt und Elena«, flüsterte sie.

»Meine Güte, die armen Kinder. Ich wusste, dass es für sie nicht einfach war, wir haben das immer alle gesehen und miterlebt. Aber in ihre Herzen hineinschauen, das konnten wir damals nicht. Fast niemand außer dem Pfarrer und dem Bürgermeister hat sich eingemischt. Ich glaube, dass dann im Laufe der vielen Jahre bestimmt ein halbes Märchen aus der Geschichte wurde.«

»Wieso Märchen?«

Sofia verstand gar nichts mehr. Die alte Greta sprach wirres Zeug. Sie hatte doch gesagt, dass es ein wahres Ereignis gewesen sei. Sofia suchte Julians Blick und tippte sich kaum merklich mit dem Zeigefinger an die Stirn.

Der aber schüttelte den Kopf und legte den Finger auf den Mund, in der Hoffnung, dass seine Schwester begriff und nichts Unüberlegtes sagte. Er stellte sich noch näher neben Greta.

»Das ist dann aber gar kein Märchen, denn Märchen sind immer erfundene Geschichten. Wie meinst du das mit dem halben Märchen?«

Greta musste lächeln. Sie war so in ihre Gedanken verstrickt gewesen, dass sie gar nicht merkte, wie sehr sie die beiden Kinder verunsichert hatte. Als sie die großen, fragenden Augen der beiden sah, lachte sie laut, bis ihr die Tränen kamen. Dann zog sie Julian in ihre Arme.

»Ihr denkt bestimmt, dass ich einen an der Waffel habe, was?«

Die beiden antworteten nicht, und sie schüttelte den Kopf.

»Ich glaube, dass die Geschichte in den vielen Jahrzehnten sehr oft und immer wieder von anderen Menschen weitererzählt wurde. Und da natürlich nicht jeder die gleichen Worte gebrauchte, kam immer wieder mal etwas Neues dabei heraus. Deshalb denke ich, dass die Hälfte mittlerweile ein Märchen ist. Außer meiner Version, die ist kein halbes Märchen. Ich habe alles höchstpersönlich mitbekommen. Meine Geschichte ist die Wahrheit.«

Sie machte eine kleine Pause.

»Die Familie Hofer wohnte vor sehr langer Zeit oben auf dem Berg.«

Sie hob den Arm, deutete aus dem Fenster und schaute die Kinder mit blitzenden Augen an.

»Schaut mal hoch. Dort oben auf halber Höhe zur Bergspitze, auf der übrigens das ganze Jahr Schnee liegt, da steht immer noch das Haus der Familie.«

»Ich kann es gar nicht sehen«, sagte Julian, der sich erhoben hatte und angestrengt den Felsen entlangblickte.

Greta umarmte ihn und zog ihn an sich.

»Jetzt folge mal meinem Finger. Siehst du die drei dunklen Stellen neben dem Felsvorsprung, einen schwarzen Punkt eingerahmt von zwei Strichen? Da steht in der Mitte das Haus und rechts und links jeweils eine Tanne.«

Julian lehnte sich ganz nah an die Fensterscheibe. »Ja, jetzt sehe ich es. Das ist aber so weit weg und beinahe nicht zu erkennen.«

Sofia stupste ihren Bruder an.

»Ich sehe das nicht. Wo muss ich denn hinschauen?«

»Komm mal her, Sofia. Hier, genau hier an meinem Finger entlang«, sagte Greta und lächelte die Kleine an, die mit dem Kopf direkt neben Gretas Finger heranrückte und ihre Augen über den Berg gleiten ließ.

»Ja, ja, jetzt kann ich es auch sehen«, rief sie und wischte sich mit der Hand über die Stirn, als hätte sie Schwerstarbeit verrichtet.

»Geh doch mal rüber zu der Kommode«, bat Greta Julian und schob ihn mit dem Arm ein Stückchen in die richtige Richtung.

»In der untersten Schublade findest du ein Fernglas. Ich möchte, dass ihr euch das Haus ganz genau anschaut, mit den grünen Fensterläden, der Tür, dem kleinen Steingarten, den beiden Tannen und der Sitzbank neben dem Gatter. Ihr sollt euch nachher vorstellen können, wie es damals gewesen ist«, erklärte Greta, während die beiden Kinder nacheinander ziemlich lange durch das Fernglas blickten.

Schließlich lehnte sie sich in ihrem Sessel zurück. »Kann ich jetzt anfangen?«

»Ja«, riefen die beiden Kinder im Chor und rutschten auf ihren Kissen näher an Greta heran.

»Dieses Haus sieht immer noch einladend und freundlich aus, obwohl schon ganz viele Jahre kein Mensch mehr da gewesen ist. Alle Dorfbewohner glauben nämlich, dass ein Fluch auf dem Haus liegt. Vor lauter Angst, dass der Fluch auch sie treffen könnte, machen sie bis heute einen großen Bogen darum, wenn sie auf den Berg gehen. Das Haus hat ganz viel zu erzählen, denn es steht schon mehr als hundertfünfzig Jahre unverrückbar an diesem Platz und hat viele Schicksale erlebt. Aber ich erzähle euch nur eine einzige

Geschichte, und zwar die von den verlorenen Weihnachtskugeln.«

Greta hielt inne und sah Julian und Sofia lächelnd an.

»Holt euch am besten noch eine Tasse Tee aus der Thermoskanne eurer Mama, denn das ist eine sehr lange Geschichte.«

Die beiden Kinder nickten, standen auf und gossen sich Tee ein. Dann setzten sie sich wieder auf ihre Kissen, um Greta weiter lauschen zu können.

Diese schwieg zunächst und starrte auf das Haus. Ihre Augen waren ganz glasig, und die Augenlider bewegten sich nur selten. Die Kinder betrachteten sie erwartungsvoll, aber auch etwas ängstlich. Nach einer Weile zuckte Julian mit den Schultern, weil er erkannte, dass Greta wie weggetreten war und wohl vergessen hatte, dass sie eine Geschichte erzählen wollte.

Dann begann sie aber doch langsam und deutlich zu sprechen.

Die Familie Johann Hofer

»Es geschah vor langer Zeit. Der Sommer war vorbei, die Luft bereits kühl, die Blätter flatterten herbstlich verfärbt und vom Wind getragen zu Boden. Die Kühe standen schon in ihren Ställen oder wurden weiter runter ins Bergdorf oder teilweise sogar bis ins Tal in die entsprechenden Höfe getrieben.«

Gebannt blickten die beiden Kinder in Gretas faltiges Gesicht und verfolgten jede Regung.

»Warum wurden nicht alle Kühe ins Tal gebracht?«, wollte Sofia wissen und rutschte aufgeregt auf ihrem Kissen hin und her.

»Halt den Mund«, rief Julian, »das ist nicht so wichtig!«

»Doch, mein Junge, jedes Detail ist für die Geschichte wichtig. Sonst kann man sie nicht verstehen«, erklärte Greta.

»Dort oben in dem Haus, das ich euch vorhin gezeigt habe, wohnte vor vielen Jahren die Familie Hofer. Es war eine arme Familie, fünf Leute. Vater Johann, Mutter Sarah, ihr Sohn Benedikt und die beiden Mädchen Elena und Anna.«

Die Kinder nickten und sogen jedes Wort von Greta erwartungsvoll in sich auf.

»Ich schlage vor, dass ihr nun eure Augen schließt

24

und auf jedes meiner Worte lauscht, dann könnt ihr euch die Geschichte viel besser vorstellen, und zwar so genau, als würdet ihr sie im Fernsehen anschauen.«

Sofia schüttelte den Kopf.

»Wenn ich die Augen zumache, dann sehe ich gar nichts.«

Greta strich ihr über die Wange.

»Doch, doch, mein Kind, wenn ihr beide gut zuhört, wird euch die Vorstellungskraft helfen, mit dem inneren Auge alles zu sehen, was ich euch beschreibe. Weil es eine Geschichte ist, in der die Menschen anders gelebt haben als ihr heute.«

Und die Kinder befolgten ihren Rat, während Greta selbst mit den Augen zunächst den Berg, dann das Haus der Hofers abtastete und zu guter Letzt ebenfalls die Augen schloss.

Jetzt fühlte sie sich in eine völlig andere Zeit versetzt, eine Zeit, in der sie selbst ein junges Mädchen gewesen war.

»Es war also Anfang Oktober, und das Ganze passierte ziemlich weit oben auf dem Berg, wo das bescheidene Haus der Familie Hofer stand«, begann sie erneut zu erzählen…

***

Es war eines der Bauernhäuschen, die als einzelne kleine Höfe oder als Almhütten in größeren Abständen über den Berg verstreut waren. Die Bauern, die es sich leisten konnten und ein zweites Haus im Dorf oder gar ganz unten im Tal in der Stadt hatten, trieben ihre Kühe im Herbst hinunter und verbrachten den Winter unter ruhigeren und angenehmeren Wetterbedingungen. Doch die ärmeren Bauern lebten mit ihren Familien das ganze Jahr dort oben auf dem Berg, so auch die Familie Hofer.

Ihr Häuschen hatte winzige Fenster mit grünen Fensterläden und einem Ziegeldach. Rechts und links des Hauses standen die beiden Tannen, die bei gutem Wetter bis weit ins Tal zu sehen waren. Im Erdgeschoss befanden sich eine Wohnküche und eine Schlafkammer für die Eltern, im oberen Stock zwei kleine Zimmerchen für die Kinder, die sie sich teilen mussten. Auf dem Grundstück gab es noch einen Stall für drei Kühe und zehn Schafe, einen Hühnerstall, ein kleines Wirtschaftsgebäude, einen Schuppen sowie ein Plumpsklo.

Zwei Wiesen am Hang hinter dem Haus waren bereits abgemäht, die Kühe in den Stall umgezogen. Alle Bergbewohner waren damit beschäftigt, die Vorbereitungen für den nahenden Winter zu treffen. Ein Mann und eine Frau schnitten fleißig am seitlichen Abhang des Hofergrundstücks die Büsche zurück und schnürten die Äste zu Reisigbündeln. Sie brauchten das Holz als Brennmaterial für den Winter.

Johann Hofer war siebenunddreißig Jahre alt, groß gewachsen, sein von der Gebirgssonne gebräuntes Gesicht wurde von braunen Haaren umrahmt, die heute vom Wind zerzaust waren. Seine grünen Augen blickten freundlich drein, weil er wusste, dass die Arbeit an diesem Tag bald getan war. Er trug eine alte graue Hose, und sein blaues Leinenhemd war vielfach geflickt, die Ärmel hatte er hochgekrempelt, obwohl es schon ziemlich kühl war, fast zu kühl für Anfang Oktober. Die Füße steckten in derben Bergschuhen, die schon bessere Zeiten gesehen hatten.

Seine Frau Sarah war fünf Jahre jünger als er, schlank, aber dennoch kräftig. Ihre blonden Haare hatte sie zu einem Dutt gedreht, doch der Wind hatte ihr nach und nach einige Strähnen herausgezerrt, was sie noch weicher aussehen ließ. Ihre großen blauen Augen blickten aus einem zarten, filigranen Gesicht, dessen Schönheit von innen heraus leuchtete. Sie trug ein graues Baumwollkleid mit einem kleinen Kragen, das mit einem einfachen, selbst geflochtenen Gürtel gehalten wurde. Auch ihre Füße steckten in derben, abgewetzten Schnürschuhen.

Man konnte den beiden schon auf den ersten Blick ansehen, dass ihr Leben kein Honigschlecken war. Und trotzdem strahlten sie Glück und Zufriedenheit aus. Sie liebten sich und hatten drei wunderbare Kinder, die ihnen alles bedeuteten.

Während sie das letzte Reisigbündel zusammenschnürten, schauten sie sich zufrieden an. Johann zwinkerte Sarah liebevoll zu und strich ihr über den Arm. Er wusste, dass seine Frau sehr viel gearbeitet hatte und ihr bestimmt alle Knochen wehtaten.

»Für heute haben wir es fast geschafft.«

»Ja, das war ein hartes Stück Arbeit.«

Sarah verdrehte die Augen.

»Mein Rücken schmerzt entsetzlich, das liegt bestimmt am Wetter. Meinst du, dass wir noch Regen bekommen?«

Johann blickte zum Himmel.

»Kann sein. Es hat sich etwas zugezogen, die Wolken sind dunkler, und der Wind ist etwas stärker geworden. Es kann aber auch über den Berg wegziehen.«

Sarah fasste sich mit der Hand an die linke Hüfte und bog den Rücken nach hinten.

»Wir wollen es hoffen. Müssen wir heute noch den Käse ins Tal bringen?«

Johann nickte.

»Ich habe mir schon vor einigen Wochen gedacht, dass wir Benedikt mitnehmen könnten, und deshalb eine kleine Kiepe für ihn geflochten, damit er auch helfen und Käse tragen kann.«

Er fuhr sich mit der Hand über die Stirn, als ob er sich nicht ganz sicher wäre.

»Ich weiß nicht«, grübelte Sarah, die mit dem Besen den Platz fegte.

»Er ist doch erst neun Jahre alt, und sein Rücken muss noch wachsen.«

»Aber nein, das geht schon. Er ist ein Junge und muss sich genau wie ich, als ich klein war, an die Arbeit gewöhnen. Andere Kinder müssen das auch«, erklärte Johann mit leiser Stimme.

»Erzähl nicht solche Sachen. Dein Vater hat dich bestimmt nicht mit neun Jahren und einer vollen Kiepe ins Tal getrieben.«

Sarah blitzte ihn mit wütenden Augen an.

»Er hat dich nur hier oben arbeiten lassen. Du musstest nicht mit Käse auf dem Rücken den harten Weg ins Tal mitlaufen.«

Vor Erregung hatte sie aufgehört zu fegen.

»Aber es ist bloß eine kleine Kiepe. Ich wollte doch nur…«

Sarah stemmte die Hände in die Hüften.

»Nichts da!«, rief sie.

»Er kann sich um die Schafe und die Hühner kümmern. Das ist schon genug Arbeit.«

Johann pustete kurz die Backen auf, ehe er die Luft wieder abließ.

»Du hast ja recht, meine kluge Frau. Als ich klein war, waren die Zeiten noch schwieriger, und dennoch durfte ich hier oben arbeiten. Aber du musst zugeben, auch wir müssen uns heute ganz schön strecken, damit wir unser Auskommen haben. Und da wird jede Hand gebraucht.«

Sarah schaute ihn lächelnd an. Sie war glücklich mit ihm. Von Anfang an hatte sie gewusst, dass sie ein bescheidenes und genügsames Leben führen mussten.

Aber das war gar nicht schlimm. Sie waren gesund, konnten arbeiten und hatten drei wundervolle Kinder, die sich prächtig entwickelten. Mit ihren drei Kühen, zehn Schafen, ein bisschen Kleinvieh und einem Stückchen Land auf dem Berg konnten sie leben und ihr Auskommen finden. Manchmal dachte sie, dass sie eigentlich alles bekommen hatte, was sie zum Leben brauchte, und dass es nichts mehr gab, was es verdunkeln konnte. Sie würde mit ihrem lieben Mann hier oben auf ihrem kleinen Einödhof bleiben bis zum Ende ihrer Tage. Und ihre Kinder würden auch Partner und dann ihr Glück in den umliegenden Höfen oder im Dorf finden.

»Ja, mein lieber Gatte«, meinte sie schließlich, »wir müssen uns zwar strecken, aber das ist ja vollkommen in Ordnung so. Wenn wir als Familie zusammenhelfen und gesund sind, dann ist alles gut.«

»Komm, lass uns reingehen.«

Johann zwinkerte ihr voller Stolz zu.

»Mir ist lausig kalt.«

Er blickte hinauf zu den Wolken, die mittlerweile aussahen wie aufgetürmte schwarze Schafswolle und so tief unterhalb der Bergspitze hingen, dass man das Gefühl hatte, sie mit den Händen greifen zu können. »Schau mal, da kommt jetzt wirklich was auf uns zu. Das sieht beängstigend aus.«

Er deutete mit dem Finger zum Berg und zog die Stirn in Falten.

Sarah legte sich die Hand über den Mund.

»Oh mein Gott, wie sieht das denn aus? So etwas habe ich ja noch nie gesehen. Ist das das Jüngste Gericht?«

»Nein.«

Johann lachte etwas gekünstelt, um seine Sorgen zu verbergen.

»Das wird aber schon ein kräftiger Sturm, ganz bestimmt mit heftigem Regen. Komm, wir müssen überall Fenster und Türen schließen und auch die Ställe gut verriegeln.«

»Ja, fang du schon mal an. Ich räume die Eimer weg und was da an Kleinzeug auf dem Hof herumsteht, damit es nicht umhergeschleudert werden kann.«

Sarah schritt schnell den Hof ab und stellte Eimer, Schaufeln, Kisten und Werkzeuge in den Schuppen gleich neben dem Hühnerstall. Dann rannte sie zu Johann und half ihm, die Tiere zu versorgen und die Türen zu verriegeln. Er gab ihr mit dem Kopf ein Zeichen, ins Haus zu gehen, und deutete mit dem Finger abwechselnd auf seine Brust und auf das Gatter, das am Rande des Grundstücks hin und her schlackerte und das er noch schnell schließen wollte.

Während er losrannte, erfasste ihn eine Bö, die ihn gegen die Stallwand schleuderte. Heftig prallte er von der Wand zurück und stürzte zu Boden. Sarah sah ihn entsetzt an, aber er sprang sofort wieder auf und signalisierte ihr, dass es ihm gut ging. Er stemmte sich gegen den Wind und arbeitete sich so zum Gatter vor.

Sarah nickte ihm zu und rannte ins Haus. Dort standen auch noch einige Fenster offen. Sie zog die Fensterläden zu, hakte sie ein und schloss sorgfältig die Fenster – bis auf einen Fensterladen in der Küche, von wo aus sie den Hof überblicken konnte.

»Mama, warum schließt du die Fensterläden so früh am Mittag?«, rief Benedikt, der am Boden saß und zusammen mit seiner kleinen Schwester Anna vom Vater selbst geschnitzte Bauklötze aufeinandersetzte.

»Das ist nur zur Vorsorge. Papa meint, es gibt einen Sturm und Regen.«

»Ach so.«

Benedikt kannte die Herbststürme schon und wandte sich wieder seiner Schwester zu.

Sarah hingegen setzte sich mit einem Becher Malzkaffee, der auf dem Holzofenherd warm gehalten wurde, an den Küchentisch. Noch war die ganze Situation relativ harmlos und auch nicht ungewöhnlich, aber irgendwie hatte sie heute so ein dumpfes Gefühl, so eine merkwürdige Eingebung, dass die Wolken die Vorboten des Schicksals waren, das vielleicht etwas ganz anderes mit ihnen vorhatte. Gar nichts Beruhigendes, nein, etwas Zerstörendes, etwas, das sie sich nicht im Traum vorstellen konnte. Plötzlich fröstelte sie.

Wie aus weiter Ferne sah sie auf den Fußboden, wo ihre drei Kinder nebeneinandersaßen. Ihr großer, kluger Benedikt, der die gleichen blonden Haare und blauen Augen wie sie hatte, spielte noch immer mit der kleinen Anna, die gerade vier Jahre alt geworden war. Die wiederum hatte die grünen Augen ihres Vaters und ebenso seine braunen, lockigen Haare geerbt, die bei jeder Bewegung hin und her sprangen. Etwas abseits saß die zurückhaltende siebenjährige Elena und spielte mit der Puppe, die sie ihr letztes Jahr zu Weihnachten genäht hatte. Mit ihren glatten roten Haaren, die zu einem Zopf geflochten waren, unterschied Elena sich etwas von den beiden anderen Kindern. Sie hatte das Aussehen ihrer Oma, Johanns Mutter, geerbt.

Sarah blickte sich mit müden Augen in der Wohn-

32

küche um. Auf der einen Seite stand der Herd, der mit seinen drei Kochstellen und dem Wasserschiff ziemlich groß war. An der zweiten Wand hatte der kleine Küchenschrank seinen Platz. Er stammte noch von ihren Schwiegereltern, die ihn sehr gepflegt hatten. Daneben waren Regale angebracht, in denen die Teller standen, und gleich darunter hingen Becher an kleinen Haken. An der dritten Wand hatte sie eine Waschschüssel auf einem Metallständer mit eingelassener Seifenschale und einen Wasserkrug. Und unter dem Fenster an der vierten Wand stand eine alte, aber leider schon abgewetzte Chaiselongue, die sie mit einer selbst gehäkelten Decke verschönert hatte. In der Mitte der Küche befand sich der blank gescheuerte Tisch, rechts und links davon eine schlichte Bank und an den Kopfenden jeweils ein einfacher Stuhl. Alles in allem war das eine sehr spärliche Einrichtung, aber sie liebte ihr Haus, das eher durch die Liebe der Menschen glänzte als durch Einrichtungsgegenstände.

Plötzlich schlug ganz ungestüm die Tür auf, und Johann torkelte heftig atmend herein. Auf dem Arm hatte er ein kleines Schäfchen, das zitterte und vor sich hin wimmerte.

»Hol mir bitte ein Körbchen und eine Decke«, rief er, während er versuchte, seinen Atem in den Griff zu bekommen, ohne dabei das Tier aus den Augen zu lassen.

»Was ist passiert?«, fragte Sarah, während sie ein Körbchen unter dem Herd hervorzog, das sie oft für die Aufzucht von kleinen Küken benutzte, die dort einen warmen Platz hatten.

»Der Sturm hat das Tier über den Hof geschleudert. Aber ich glaube, es hatte Glück im Unglück. Es scheint sich zumindest nichts gebrochen zu haben.«

Zärtlich strich er ihm über das Köpfchen.

»Es ist bestimmt nur aufgeregt. Wir lassen es zur Ruhe kommen, dann bringe ich es in den Stall zu den anderen.«

Der Schneesturm

Mittlerweile stürmte es draußen noch heftiger. »Meinst du nicht, dass wir den Marsch ins Tal verschieben sollten? Das ist heute viel zu gefährlich.«

Sarah blickte aus dem Fenster und traute ihren Augen nicht.

»Das kann doch nicht wahr sein«, flüsterte sie.

»Was ist los, Mama?«, rief Benedikt.

»Es schneit! Es schneit wirklich! Wie kann das sein? Wir haben gerade mal Anfang Oktober und sind noch gar nicht fertig. Auch die anderen Bauern haben die Kühe noch nicht alle abgetrieben.«

Johann blickte zweifelnd zu seiner Frau, als wäre sie nicht ganz bei sich. Wie sollte es jetzt schon so stark schneien? Aber sie würde das doch nicht einfach so erzählen. Normalerweise, dachte er, kamen im Herbst, ab und zu vielleicht nur ein paar Flocken.

Er fuhr sich durch die Haare und bewegte sich ebenfalls zum Fenster. Was er dort sah, trieb ihm die Schweißperlen der Angst auf die Stirn. Da draußen tobte binnen weniger Minuten ein Schneesturm im Herbst, in einer Stärke, wie er es in seinem Leben noch nie gesehen hatte.

Die Bäume knickten teilweise wie Streichhölzer ab. Vom Schuppen flogen viele Ziegel über den Hof und zerschellten am Boden. Schwarzgraue Wolken standen in beängstigenden Formen und Gebilden bedrohlich am Himmel.

»Der Weltuntergang, das sieht für mich aus wie der Weltuntergang«, wisperte Sarah und machte einen ängstlichen Schritt zurück.

Benedikt und Elena kamen näher, drückten sich furchtsam an ihre Mutter und hielten sich an ihrem Rock fest.

»Mama, müssen wir jetzt sterben?«, rief Elena mit großen, feuchten Augen.

Johann drehte sich um, bückte sich zu seiner Tochter und zog sie in seine Arme.

»Nein, mein Schatz, natürlich nicht. Das ist heute zwar ein schlimmer Schneesturm, auch ganz ungewöhnlich im Oktober, aber in unserem Haus sind wir sicher. Das schlimme Wetter ist bestimmt bald vorbei. Hab keine Angst, wir alle passen auf dich auf.«

Benedikt sagte gar nichts. Er blickte vom Vater zur Mutter und wieder zurück, um in ihren Gesichtern zu lesen, zu erkennen, wie groß die Sorgen waren, die sie sich wegen des Wetters machten. Und ihre Sorgen waren groß.

»Wo ist denn eigentlich Anna?« Sarahs Augen suchten die Küche ab, weil das kleine Mädchen nicht neben ihr stand und auch gar nichts von ihm zu hören war.

»Die sitzt dahinten bei den Bauklötzen«, erklärte ihr Benedikt und zeigte mit einer Kopfbewegung neben den Tisch.

36

»Da ist sie aber nicht.«

Sarah ging um den Tisch herum. Womöglich war der Kleinen kalt gewesen, und sie hatte sich näher an den Herd herangesetzt.

Dann entdeckte sie ihre Tochter.

»Anna, Anna, was ist los? Was hast du denn?«, rief sie laut und mit vibrierender Stimme.

Schnell bückte sie sich und hob vorsichtig das kleine Mädchen hoch, das reglos auf dem Fußboden lag. Johann erschrak und war mit zwei Schritten neben ihr.

»Sie hat hohes Fieber, wir müssen sie runterkühlen«, erklärte ihm Sarah, die ihre Stirn befühlt hatte.

Sie erhob sich und legte Anna auf das Bett im nahen Elternschlafzimmer. Schnell zog sie das Mädchen aus und schob es auf das Laken, damit sie Wadenwickel machen konnte. Inzwischen brachte ihr Johann nasse und trockene Tücher, die sie Anna um die Beinchen wickelte, um dann den kleinen Körper zuzudecken.

»Sie ist gar nicht mehr bei sich«, flüsterte Sarah und wischte sich mit dem Handrücken die Schweißperlen der Panik von der Stirn.

»Was hat sie nur um Himmels willen?«, jammerte sie.

Johann fasste sie am Arm und zog sie sachte hoch. »Komm, lass mich mal. Wechsle du das Wasser und die Tücher, damit wir das Fieber schneller senken können. Wir bekommen das schon hin. Sie hatte doch den ganzen Tag nichts, was uns Sorgen machte«, erklärte er und schüttelte den Kopf.

»Da ist bestimmt nur eine Erkältung im Anmarsch.«

Sarah nickte ihm zu. Sie war dankbar, dass sein Handeln und seine sanfte Stimme ihr zur Besonnenheit verhalfen. Er hatte ja recht, es konnte nichts Schlimmes sein. Sofort war sie etwas ruhiger und konnte gezielt an die Arbeit gehen.

»Mama, was hat Anna?«, fragte Elena leise. Sie traute sich nicht ganz an das Bett heran.

»Sie bewegt sich ja gar nicht mehr. Ist sie tot?«

Sarah drehte sich um und schaute Elena an. Ihre Augen waren feucht. Zart strich sie ihrer Tochter über den Kopf.

»Nein, aber nein. Natürlich nicht. Sie hat Fieber und ist dadurch schläfrig. Geh wieder spielen, meine Süße. Papa und ich kümmern uns um deine kleine Schwester.«

Niemand hatte mehr auf den Sturm geachtet, und so bemerkten sie nicht, dass der Wind inzwischen noch mehr an den Gebäuden zerrte und so laut pfiff, dass man phasenweise fast das eigene Wort nicht mehr verstehen konnte.

Während Sarah immer wieder die Tücher in eine Schüssel mit kaltem Wasser tauchte und dann auswrang, wickelte Johann diese um Annas kleine Beinchen und deckte sie für ein paar Minuten mit einer Decke zu, um anschließend die heiß gewordenen Tücher wieder gegen kalte auszutauschen.

Benedikt beobachtete das Geschehen zunächst aus sicherer Entfernung durch die Tür, gleichzeitig warf er immer wieder einen ängstlichen Blick aus dem Fenster,

38

wo immer noch Äste über den Hof geschleudert wurden und das Schneetreiben schlimmer wurde. Scharf sog er die Luft ein, als ein großes Brett ganz knapp vor dem Fenster vorbeiflog. Dann drehte er sich um, griff nach Elenas Hand und zog sie in den hinteren Teil der Küche.

»Komm, wir setzen uns an den Herd. Dort ist es warm, und wir können ein bisschen malen, um uns die Zeit zu vertreiben«, forderte er Elena auf. Er fand, dass sie nahe am Fenster nicht sicher genug waren, doch das wollte er ihr nicht sagen, um sie nicht zu beunruhigen.

Während Elena sich mit ihrer Zeichnung beschäftigte, machte er selbst nur nichtssagende Striche. Stattdessen beobachtete er abwechselnd die Eltern, wie sie sich mühten, der kleinen Anna das Fieber zu nehmen, und dann wieder den Schneesturm durch das Fenster.

Was würde wohl sein, wenn das Fieber nicht sank und die Eltern mit Anna bei hohem Schnee ins Tal fahren mussten? Ginge das überhaupt mit dem Schlitten, und würden die Verwehungen nachlassen? Auch wenn die Eltern sehr leise sprachen und er nicht alles verstehen konnte, wusste er, dass die Situation sehr ernst war. Schnell drehte er sich mit dem Rücken zur Schlafzimmertür, damit er das alles nicht mit ansehen musste. Er spürte, dass heute ein schwerer Tag für die Familie war.

Nach gefühlt endlos langer Zeit atmeten die Eltern zusehends auf. Annas Fieber schien nachzulassen, und sie schlief ruhig und gut zugedeckt im Bett der Eltern. Beide kamen in die Küche und ließen sich erschöpft am

Tisch nieder. Benedikt erhob sich und brachte ihnen einen Becher mit warmem Kaffee. Sie sahen ihn liebevoll an und nickten ihm dankbar zu.

»Du bist ein toller Junge«, flüsterte Johann und strich ihm über den Kopf.

»Komm her und setz dich zu uns. Ich habe dir übrigens einen Stock für den Abstieg geschnitzt und eine Kiepe geflochten. Deine Mutter findet aber, dass du noch keinen Käse hinuntertragen solltest.«

Er lächelte, griff in die Jackentasche und zog ein Schnitzmesser hervor.

»Aber das Messer gebe ich dir schon mal. Du bist ein ganz großer und vernünftiger Junge.«

Benedikt strahlte seinen Vater an, setzte sich auf die Bank neben ihn und rutschte unruhig hin und her. Er hatte mächtig Herzklopfen, als er das Messer in seiner Hand hielt, und er war so glücklich, dass sein Vater stolz auf ihn war. Er würde ihm bald richtig helfen können, damit seine Mama nicht mehr so viel arbeiten musste.

»Danke, Papa. Ich werde es immer in Ehren halten.«

»Das weiß ich, mein Junge.«

Mitten in diese fast feierliche Stimmung hinein fing Anna an zu weinen. Die Eltern fuhren wie auf Kommando hoch und rannten ins Schlafzimmer.

Sarah fasste der Kleinen an die Stirn und zuckte zutiefst erschrocken zurück.

»Das Fieber ist wieder gestiegen, und sie ist noch heißer als vorhin«, flüsterte sie unter Tränen, die jetzt in Sturzbächen aus ihren Augen schossen. Sie konnte sich nicht mehr beherrschen.

Johann legte tröstend den Arm um seine Frau.

»Komm, lass uns wieder Wadenwickel machen. Wir schaffen das noch einmal.«

»Nein, Johann, das reicht jetzt nicht mehr. Ich weiß nicht, was sie hat, aber das ist was Schlimmes.«

Sarah trat einen Schritt zur Seite und schlang die Arme um ihren Oberkörper. Sie fror plötzlich unendlich und spürte eine Welle der Not auf ihre Familie zurollen, die sie noch nicht einordnen konnte.

Johann stand für kurze Zeit schweigend neben ihr und betrachtete seine kleine Tochter, die ganz leise vor sich hin wimmerte. Er griff nach Sarahs Hand und hielt sie ganz fest.

»Du hast recht mit deiner Einschätzung. Wir müssen hinunter in die Stadt. Sie braucht eine ärztliche Behandlung.«

»Mama, Papa! Ihr könnt jetzt nicht hinunter!«

Wie aus dem Nichts war Benedikt neben ihnen aufgetaucht. Er starrte sie mit weit aufgerissenen Augen an und zitterte am ganzen Körper.

»Schaut doch mal da raus. Ihr kommt nie unten an, wenn ihr jetzt losgeht.«

Aufgeregt ruderte er mit den Armen und deutete immer wieder zum Fenster. Der Schneesturm tobte immer noch, und nun lag der Schnee auch noch sehr hoch. Selbst wenn sie sich für einen Abstieg entscheiden würden, müssten sie erst einmal stundenlang den Hof freiräumen.

»Ich weiß, mein Sohn, dass es nicht ganz einfach

wird.«

Johann nahm ihn bei der Hand und führte ihn zum Küchentisch.

»Komm, setz dich. Wir werden jetzt ein Gespräch führen, von Mann zu Mann.«

Benedikt folgte ihm zögernd. Er wusste, was jetzt kam, denn sein Vater würde das Risiko auf sich nehmen, damit seine kleine Schwester Hilfe erhielt. Aber konnte das gut gehen bei dem Wetter?

»Schau, wir müssen der kleinen Anna helfen. Wir wollen doch nicht, dass sie ohne ärztliche Hilfe vielleicht sterben muss.«

Benedikt konnte die Tränen nicht zurückhalten.

»Ich weiß«, sagte er schluchzend.

»Ich will ja auch, dass meine Schwester Hilfe bekommt. Aber kommt ihr nicht alle in eine schlimme Gefahr, wenn ihr in den Sturm hinausgeht?«

Er stand von der Bank auf, beugte sich mit dem Oberkörper über den Tisch, um seinem Vater ganz nahe sein und in die Augen blicken zu können. Er wollte nichts unversucht lassen, um die Eltern von ihrem Vorhaben abzuhalten.

»Können wir nicht noch ein paar andere Dinge probieren, zum Beispiel Umschläge mit Kräutern und Quark?«

Sarah kam hinzu und stellte sich hinter ihn. Zart strich sie ihm über den Kopf und blickte aus dem Fenster. Dann drehte sie sich um, setzte sich neben ihren Sohn und nahm ihn in die Arme.

»Schau, Benedikt, dein Vater und ich sind zwei vernünftige und vorsichtige Menschen. Wir leben schon so lange hier oben und können Gefahren ganz gut einschätzen. Meinst du nicht, dass du uns vertrauen kannst?«

Erneut quollen Benedikt die Tränen aus den Augen. »Doch, Mama, das kann ich. Aber heute denkt ihr nur an Anna. Wenn es nun unbedingt sein muss, dann müsst ihr uns alle mitnehmen, damit wir beisammen sind«, schluchzte er.

Johann nickte ihm zu.

»Das ist auf den ersten Blick eine gute Idee, dass wir alle zusammen stärker sind. Aber auf den zweiten Blick ist das nicht so gut. Wenn wir Anna ins Krankenhaus bringen müssen, ist hier oben das ganze Vieh alleine und wird nicht versorgt. Außerdem kühlt unser Haus aus. Mach dir mal nicht allzu viele Sorgen, Benedikt. Du bist ein großer Junge, du bist hier oben für Haus und Tiere verantwortlich und passt auf deine Schwester Elena auf. Deine Mutter und ich kümmern uns um Anna und bringen gleich den Käse ins Tal. Wir schaffen das, denn der Sturm ist am Abklingen und zieht über uns hinweg. Er hat genug angerichtet. Alles wird wieder gut.«

Johann erhob sich und schritt zum Fenster. Tatsächlich ließ der Wind nach, und auch der Schneefall wurde langsam weniger. Er drehte sich zu Benedikt um und bedeutete ihm mit einem Kopfnicken, näherzukommen.

»Komm her und schau. Siehst du das? Es ist vorbei mit dem schlimmen Wetter.«

Benedikt atmete auf, als er sah, dass es draußen ruhiger wurde.

»Ja, das schon, aber es liegt sehr viel Schnee.«

Alle lächelten sich gegenseitig Mut zu, und Sarah klatschte kurz in die Hände: »Kommt alle, wir müssen den Schnee wegschippen und den Schlitten aus dem Schuppen holen.«

Einige Stunden später waren die Wege vom Schnee befreit und der Schlitten beladen. Die kleine Anna war gut verpackt und in ein Fell eingeschlagen. Sarah hatte den beiden anderen Kindern erklärt, was sie die nächsten Tage essen sollten, und eine Suppe aus dem Keller geholt.

Johann brachte reichlich Reisig und Holz in die Stube. »So, meine beiden Großen, jetzt kann es losgehen. Und macht euch bitte keine Sorgen, wenn wir nach zwei oder drei Tagen noch nicht wieder da sind. Wir bleiben auf jeden Fall bei Anna, und zwar so lange, bis wir sie wieder mit nach Hause nehmen können. Denkt also nicht, dass uns etwas passiert sein könnte.«

Dann umarmten sie sich alle gegenseitig, und die Fahrt ging los.

Danach war Benedikt damit beschäftigt, Vater und Mutter für seine Schwester Elena zu sein. Er spielte mit ihr und passte auf, dass immer Holzscheite in der Feuerstelle glühten, damit die Küche warm blieb. Die Eltern hatten ihnen zwei Felle in die Elternbetten gelegt, damit sie nicht oben auch noch heizen mussten. Morgens und abends fütterte er mit Elenas Hilfe die Tiere.

Auf dem Hof war alles wieder ruhig geworden. Nur der hohe Schnee, die fehlenden Ziegel auf dem Schuppen und die Äste, die teilweise aus dem Schnee ragten, erinnerten noch an den schlimmen Sturm.

Zwei Tage und Nächte waren die Eltern nun schon weg. Benedikt hatte sich eingeprägt, was sein Vater ihm mehrmals gesagt hatte. Er solle sich keine Sorgen machen, wenn sie nicht schnell zurückkamen. Aber es war nicht so leicht, keine Angst zu haben. Mehrmals am Tag stand er am Gatter und schaute über die weiß glitzernden, jetzt friedlich in der Sonne liegenden Berge. Dabei tastete er mit den Augen die Stellen ab, die seiner Meinung nach den Weg ins Tal kennzeichneten. Ganz unten sah er die Häuser der Stadt. Er hoffte, dass seine Eltern gut dort angekommen waren und es Anna wieder besser ging.

Einen weiteren Tag später standen beide Kinder zusammen am Gatter.

»Meinst du, dass alles gut gegangen ist?«

Elena hielt sich aus Angst vor Benedikts Antwort an seiner Jacke fest.

Er schaute sie an und legte den Arm um sie.

»Aber ja. Du weißt doch, dass Papa ein guter Schlittenfahrer ist. Das geht nicht so schnell mit Anna. Die liegt bestimmt noch im Krankenhaus, und den Käse mussten sie auch verkaufen. Du wirst sehen, dass sie in einigen Tagen wieder da sind. Wir beide schaffen das schon bis dahin.«

Er lächelte sie an und nickte ihr aufmunternd zu, obwohl er sich jetzt auch langsam Sorgen machte.

Das Unglück

Der Schlitten rutschte auf seinen Kufen nur langsam durch den Wald voran, denn Johann stapfte seit Stunden nebenher und schaufelte unentwegt den Tiefschnee beiseite. Sarah fror, obwohl sie eine Felljacke trug und dick eingemummt war. Anna jammerte leise vor sich hin, und das Fieber schien immer noch gleich stark in ihrem Körper zu wüten.

Johann war inzwischen am Ende seiner Kräfte, und er wusste, dass er noch eine größere Strecke freischaufeln musste, bis sie das Tal erreicht hatten.

»Komm doch ein wenig in den Schlitten und trink einen heißen Kaffee. Du bist völlig entkräftet.«

Sarah zog ihren Mann am Ärmel und blickte ihn besorgt an.

»Ja, ich mache gleich eine kurze Pause. Hinter der Kurve ist eine Lichtung, da fällt nicht so viel Schnee von den Tannen herunter, und wir sind besser geschützt«, erklärte er, während er unerbittlich weiterschaufelte.

Eine Stunde später ließ er sich in den Schlitten fallen, schlürfte seinen Kaffee und fiel innerhalb von Sekunden in den Schlaf der Erschöpfung. Sarah deckte ihn zu und beschloss, ihn ein halbes Stündchen schlafen zu lassen. Anna war inzwischen auch eingeschlafen, und das Fieber schien nachgelassen zu haben.

Sarah nickte zufrieden. Vielleicht hatte sie doch überreagiert, und Benedikt hatte recht gehabt, als er meinte, dass sie mit Quark und Kräutern das Fieber in den Griff bekommen hätten. Wie dem auch sei, sie würden es schaffen, auch wenn der Weg nach unten noch Kraft kostete. Beruhigt lehnte auch sie sich zurück, kuschelte sich nahe an ihren Mann und an ihr Kind und schlief ungewollt ebenfalls ein.

Irgendwann wachte Sarah von einem lauten Knacken auf und erschrak. Ihr war schwindelig und übel, und aus noch halb geschlossenen Augen tastete sie ihre Umgebung ab. Sie waren in Schieflage, ihr Schlitten musste seitlich weggekippt sein. Langsam setzte sie sich auf und griff neben sich, um Johann zu wecken. Sie ahnte nicht, dass sie durch die irrsinnige Kälte fast einen ganzen Tag bewusstlos gewesen waren.

Dann knackte es noch einmal, und der Schlitten stürzte in Sekundenschnelle ab. Er überschlug sich mehrmals, knallte immer wieder an Bäume, wurde zurückkatapultiert und rutschte dann zwischen zwei Baumstümpfen auf eine Wiese, die im Winter von den Kindern des Dorfes zum Schlittenfahren genutzt wurde.

Vor dem Bauernhof am Ende der Wiese standen zufällig der Bauer und der Bürgermeister des Dorfes und unterhielten sich. Als die beiden die Tragödie bemerkten, rannten sie schnell hin, und was sie dann sahen, war ein schlimmes Unglück. Johann hing mit dem

Oberkörper über der rechten Kufe, seine Frau lag quer über dem hinteren Teil des Schlittens. Beide waren mit ihren Decken in den Holzlatten hängengeblieben, sonst wären sie vom Schlitten geworfen worden. Das kleine Mädchen Anna war in Decken eingehüllt und auf dem Schlitten festgeschnallt. Alle drei waren tot. Um sie herum verstreut lagen Teile des Schlittens und reichlich Käse.

***

Nachdem sie die Tiere gefüttert hatten, stand Benedikt heute schon zum zweiten Mal mit Elena am Gatter. Die Suppe und das Brot hatten sie mittlerweile aufgegessen. Nun mussten sie sich Einmachgläser mit Gemüse aus dem Keller holen.

Gestern wäre ihm beinahe das Feuer im Herd ausgegangen. Er hatte beim Schnitzen die Zeit vergessen und nachher drei Stoßgebete zu Himmel geschickt, bis er mit ein paar Zweigen das Feuer wieder in Gang gebracht hatte.

Inzwischen schlugen seine Gedanken mehrmals am Tag Purzelbäume, und dann zogen wirre Bilder vor seinem geistigen Auge vorbei. Er sah immer wieder den Schlitten den Berg hinunterstürzen, seine kleine Schwester Anna schrie, weil sie herausgerissen wurde, und seine Mutter streckte die Hände aus, um sie festzuhalten, während sein Vater versuchte, den Schlitten wieder auf die Kufen zu stellen.

Er schüttelte sich vor Angst, während er voller

Sehnsucht den Berg hinunterschaute, in der Hoffnung, dass seine Eltern irgendwann um die Ecke bogen.

Stattdessen erblickte er dort zwei Männer.

Elena hatte die beiden auch schon entdeckt.

»Schau mal, Benedikt. Ist das Vater mit noch jemandem?«

Benedikt sog die Luft ein.

»Ich denke nicht. Keiner der beiden Männer hat einen so kräftigen Schritt wie unser Vater. Die sind schon etwas älter und behäbiger.«

Elena nickte.

»Aber wer ist das dann?«

»Wir werden es sicher gleich erfahren. Sie kommen ja direkt unseren Weg hoch. Vielleicht sollen sie uns Grüße von Mama und Papa bestellen.«

»Ja, hoffentlich. Ich möchte, dass sie bald wiederkommen.«

Es dauerte noch ein paar Minuten, dann hatten die beiden Männer das Gatter erreicht.

»Guten Tag, ihr beiden«, sagte der eine.

»Bist du der Benedikt?«

»Ja«, flüsterte er.

Der Mann zog seine Mütze herunter und drehte sie nervös in den Händen.

»Ich bin Bauer Seppl und wohne gleich unten im ersten Haus nach dem Wald.«

»Und ich bin der Bürgermeister«, sagte der andere, der unruhig von einem Bein auf das andere trat.

»Sicher habt ihr mich schon einmal im Dorf gesehen.«

»Kommt ihr von unseren Eltern?«

Elena sah die beiden mit großen Augen an.

»Hm, ja, gewissermaßen«, sagte Bauer Seppl, und sein Blick schweifte ab, hoch zur Bergspitze.

Benedikt wurde ganz flau im Magen. Da stimmte irgendwas nicht. Warum waren die Männer denn so nervös? Nacheinander blickte er in die Gesichter der beiden, die sich sichtlich nicht wohl in ihrer Haut fühlten. War da womöglich doch etwas passiert?

»Wo sind unsere Eltern?«, fragte er leise und ballte die Hand zu einer Faust. Er hatte das Gefühl, seine Kräfte sammeln zu müssen.

Keiner der Männer ergriff das Wort. Der Bauer blickte zum Himmel und der Bürgermeister ins Tal.

»Wo sind unsere Eltern, und wo ist unsere Schwester?«, schrie Benedikt nun und stellte sich ganz dicht vor die beiden Männer. Er zitterte am ganzen Körper.

Der Bürgermeister strich ihm über den Kopf und sagte leise: »Es ist etwas Beklagenswertes passiert, Kinder.«

Bauer Seppl machte einen Schritt auf Elena zu und fasste sie an der Hand.

»Der Schlitten mit euren Eltern ist den Hang hinuntergestürzt und bei uns auf der Wiese liegen geblieben.«

»Neiiin!«, schrie Benedikt mit herzzerreißender Stimme.

»Neiiin! Ich habe das vor meinen Augen gesehen, wenn ich ins Tal geschaut habe. Als ob mir Gott ein Zeichen geben wollte.«

Er wischte sich die Tränen, die mittlerweile sein

50

Gesicht benetzten, mit dem Ärmel ab.

»Und jetzt sind alle tot, nicht wahr?«, flüsterte er.

Nun konnte er nicht mehr anders, er begann bitterlich zu weinen. Elena neben ihm schluchzte ebenfalls und klammerte sich an seiner Hose fest.

»Warum hat mein Vater nicht auf mich gehört?«, rief er.

»Ich habe ihm gesagt, dass er bei dem Wetter nicht runterfahren kann. Warum?«

»Diese Frage kann keiner beantworten«, erklärte der Bürgermeister.

»Aber wir haben ein paar Gründe für den Unfall gefunden. Das Traurige ist, dass sie es fast geschafft hatten. Sie mussten vielleicht noch zweihundert Höhenmeter überstehen. Wir haben sogar im Wald den Platz gefunden, wo sie wahrscheinlich eine Pause machten. Bis dorthin hatte zumindest dein Vater den Weg geräumt. Wir denken, dass die beiden vor Erschöpfung eingeschlafen sind, und das ist bei der Kälte natürlich das Schlechteste, was einem passieren kann.«

Bauer Seppl übernahm jetzt das Wort.

»Dann ist der Schlitten wahrscheinlich ins Rutschen geraten, denn Johann war wohl ein bisschen zu weit in die Lichtung hineingefahren. Er konnte bestimmt wegen dem vielen Schnee den Abgrund nicht erkennen. Wie du siehst, war das eine Verkettung unglücklicher Umstände, und das alles so kurz vor dem Ziel.«

»Was wird jetzt aus uns?«, fragte Elena zwischen zwei Schluchzern.

»Ihr packt jetzt ein paar wichtige Sachen und Kleider

zusammen. Ich nehme euch mit auf meinen Hof«, erklärte Bauer Seppl.

»Wir besprechen im Dorf das weitere Vorgehen, damit euch geholfen werden kann. Ihr habt ja auch noch den Bruder eures Vaters, also euren Onkel Heinrich und seine Familie. Das klärt der Bürgermeister aber später. Jetzt kommt ihr erst einmal mit mir, damit ihr was zu essen bekommt.«

»Aber wir haben keinen Kontakt zu Onkel Heinrich. Ich habe den nie bei uns hier oben gesehen«, gab Benedikt zu bedenken.

Doch niemand antwortete ihm.

Enttäuscht schlurften sie unter Tränen ins Haus. Das Feuer im Herd brannte noch. Zusammen mit Elena suchte Benedikt für sie beide ein paar Sachen zusammen, steckte das Messer, das ihm der Vater am letzten Tag noch gegeben hatte, in sein Tuch und schnürte es mit ein paar anderen Erinnerungsstücken und ein bisschen Schnitzholz zusammen.

Dann setzte er sich an den Küchentisch und schaute sich um. Er wollte sich alles einprägen, nur ja nichts vergessen. Sogar den Geruch in der Küche sog er ein. Der leise Duft der guten Suppe, die seine Mutter noch aufgesetzt hatte, umnebelte seine Nase, obwohl gar keine mehr übrig war. Warum seid ihr nicht mehr da?, dachte er. Warum habt ihr uns alleine gelassen? Was wird jetzt aus uns?

Der Bauer kam herein.

»Seid ihr fertig, Kinder?«

52

Benedikt nickte.

»Wir können doch noch einmal herkommen?« Fragend starrte er Seppl an.

Der überlegte kurz.

»Bestimmt. Das Haus gehört euch ja. Wir müssen mal sehen, wie wir das schützen und erhalten können.«

»Was geschieht eigentlich mit unseren Tieren?«

Elena stand am Fenster und schaute hinüber zum Stall.

»Euer Nachbar auf der anderen Seite füttert sie die nächste Zeit, bis wir wissen, wie es weitergeht. Kommt jetzt, wir müssen los, damit wir unten sind, ehe es dunkel wird. Wir haben einen strammen Abstieg von ungefähr zwei Stunden vor uns.«

Und so stiegen die vier gemeinsam und schweigend den Berg hinunter. Unten angekommen begrüßte sie die Bäuerin und brachte sie in den ersten Stock des Hauses. Dort bekamen sie zusammen ein Zimmer, in dem zwei Betten, ein Schrank, ein Tisch und zwei Stühle standen.

Die Bäuerin öffnete die Schranktür und zeigte auf die Fächer.

»Hier könnt ihr eure Sachen hineinlegen. Da in der Ecke steht eine Waschschüssel, wascht euch und zieht was Frisches an. Dann kommt ihr erst mal herunter. Ich mache euch eine Suppe heiß.«

Sie nickte ihnen aufmunternd zu und schloss die Tür hinter sich.

Benedikt und Elena setzten sich auf die Bettkante

und schauten sich schweigend an.

»Benedikt, versprich mir, dass du mich nie alleine lässt«, flüsterte Elena. Und schon rannen ihr wieder die Tränen aus den Augen.

»Ich vermisse sie alle so.«

Sie schlang die Arme um den Hals ihres Bruders.

»Ich weiß.«

Unbeholfen wischte er ihr die Tränen von der Wange.

»Ich vermisse sie auch. Aber ich werde immer für dich da sein, das schwöre ich dir.«

Er fasste sie an den Schultern und schaute ihr fest in die Augen.

»Wir müssen jetzt ganz stark sein und zusammenhalten. Versprich du mir, dass wir beide jetzt Stärke zeigen. Egal was sein wird, wir halten zusammen!«

»Ja, das machen wir.«

Elena hob wie zum Schwur die Hand.

»Komm, wir müssen uns waschen und anziehen. Nicht dass wir gleich ausgeschimpft werden.«

Sie verdrehte die Augen, und sogar ein kleines Lächeln huschte ihr über das Gesicht.

Eine halbe Stunde später saßen sie in der Küche des Bauernhauses am großen Tisch und ließen sich die heiße Suppe und das frische Bauernbrot schmecken. Verschämt schaute Benedikt sich um. Hier musste es sich um einen Bauern handeln, der zumindest nicht arm war. Alles war hübsch und mit massiven Bauernmöbeln eingerichtet. In der Suppe war Fleisch, was sie auf dem

54

Berg nur ganz selten hatten, und das Brot war ganz anders als das, welches seine Mutter gebacken hatte. Nicht dass Mamas Brot aus Gerstenmehl nicht geschmeckt hätte. Nein, das war auch ganz lecker. Aber das hier war bestimmt aus Weizenmehl, ein Zeichen für Wohlstand.

Bauer Seppl setzte sich zu ihnen an den Tisch und schaute ihnen beim Essen zu. Eine ganze Weile schwieg er, dann berichtete er: »Ihr dürft erst mal bei uns bleiben. Unsere Mädels sind auf andere Höfe gezogen, weil sie Bauern geheiratet haben, und unser Sohn kommt erst in zwei Jahren wieder zurück. Deshalb ist reichlich Platz bei uns.«

Er machte eine Pause und strich mit der flachen Hand über den blank gescheuerten Tisch.

»Ich habe mit dem Bürgermeister verabredet, dass ihr auf jeden Fall bis zur Beerdigung eurer Familie bei uns wohnt. Bis dahin spricht er mit eurem Onkel Heinrich, auch darüber, was mit dem Haus und den Tieren geschieht.«

Elena liefen wieder die Tränen über die Wangen, als sie daran erinnert wurde, dass sie nun alleine waren.

Benedikt konnte gerade nicht mehr weinen. Er war wie zugenagelt und eingesperrt. Alle Gefühle waren taub. In diesem Moment konnte er auch seine Schwester nicht mehr trösten. Die Beerdigung, die bald anstand, war eine Horrorvorstellung für ihn und blockierte ihn. Er holte tief Luft und wünschte sich, dass dieser schwere Gang bald vorbei sein möge.

Wie er die erste Nacht auf dem Hof von Bauer

Seppl hinter sich gebracht hatte, wusste er am nächsten Morgen nicht. Sie war ihm unendlich lang vorgekommen, und er hatte kein Auge zugetan. Noch am Abend hatte er die drei kleinen Holzstücke, die er von zu Hause mitgebracht hatte, auf den Tisch gelegt. Er hatte beschlossen, mit dem Schnitzmesser, das jetzt das wichtigste und letzte Andenken an seinen Vater war, für alle drei Verstorbenen ein Geschenk zu schnitzen. Bis Weihnachten wollte er fertig sein, und so hatte er bereits in der Nacht fleißig daran gearbeitet.

Eine Woche später fand an einem nasskalten Tag die Beerdigung der Familie Hofer statt. Als wollte der Himmel mitweinen, gab es immer wieder kurze Schauer, und der Wind pfiff unangenehm über den kleinen Friedhof gleich neben der Kirche. Die meisten Dorfbewohner und Bergbauern waren gekommen, um Abschied zu nehmen, und so gruppierten sich viele schwarz gekleidete Menschen um die Grabstelle.

Benedikt und Elena standen in der vordersten Reihe und hielten sich an den Händen. Vor ihnen war ein großes Grab ausgehoben, und die drei Särge waren darüber auf Dielenbrettern aufgebahrt.

Die Kinder versuchten, zunächst nicht auf die Särge zu schauen. Die Vorstellung, dass ihre Eltern und die kleine Schwester da drin lagen, zerriss ihnen fast das Herz. Doch es gelang ihnen auch nicht immer.

Wie aus weiter Ferne drang die Stimme des Bürgermeisters an Benedikts Ohr. Zuerst rauschte sie an ihm

56

vorbei, dann strengte er sich an zu verstehen, was dieser über seine Eltern zu sagen hatte.

»Der Berg ist manchmal unberechenbar, er ist viel stärker als wir, und wenn dann die Naturgewalt des Windes und des Winters dazukommt, dann sind wir Menschen ganz klein, dann sind wir machtlos«, sagte der Bürgermeister.

»Wir fragen Gott nicht, warum das brave Ehepaar und seine kleine Tochter sterben mussten, wir fragen auch nicht, warum zwei Kinder jetzt zu Waisen wurden. Er allein weiß, warum er das zugelassen hat und warum die Situation jetzt so ist, wie sie ist.«

Dann ergriff der Pfarrer das Wort.

»Wir gedenken heute und in Zukunft unserem Freund Bauer Johann und seiner Frau Sarah sowie der kleinen Anna, die Gott zu sich gerufen hat«, predigte er. »Lasst uns nicht zweifeln an unserem Herrgott, lasst uns nachher darüber sprechen, was wir für die beiden Kinder tun können, die jetzt alleine sind.«

Benedikt blickte zu Boden. Er konnte das Gerede nicht mehr hören. Dieses unechte und vorgeschobene Getue auf dem Friedhof war einfach widerlich. Niemals zuvor hatte ihnen irgendjemand geschmeichelt, sich um sie gekümmert und sie gar zu seinen Freunden gezählt. Ja, sie hatten zu allen eine friedliche Beziehung gehabt, aber nicht wegen der Nähe zueinander, sondern weil die reichen Bauern die armen ausgegrenzt und kein Interesse an ihnen gezeigt hatten. Benedikt würde seiner Eltern nie so gedenken, wie die hier alle meinten, dass man jemanden in Erinnerung behalten solle.

Er würde seine Eltern nie vergessen, weil seine Erinnerungen sein ganzes Leben lang genauso frisch wie an den letzten Tagen und heute bleiben würden. Sein Blick löste sich von der Erde und tastete sich langsam nach oben zu den drei Särgen. Seine Augen blieben starr, mit einer Hand umfasste er noch immer Elenas Hand, die andere schloss er zur Faust.

Dann hörte er wieder die Stimme des Pfarrers.

»Die Zeit heilt alle Wunden«, sagte der gerade, und dann sprach er das Schlussgebet.

Wie soll die Zeit die Wunden heilen? Was redete der Pfarrer denn da? Wie kann der Schmerz verschwinden, wenn die Eltern und die Schwester nicht mehr da sind?

Dann traten vier Männer hervor, die jeden Sarg einzeln an den unten durchgeschobenen Seilen festhielten. Ein fünfter Mann zog langsam ein Brett nach dem anderen heraus, und die Särge wurden mit den Seilen vorsichtig hinabgelassen.

Anschließend schüttete jeder Anwesende eine kleine Schaufel Erde ins Grab und verbeugte sich. Zum Schluss strichen sie den beiden Kindern über den Kopf und reichten Onkel Heinrich und Tante Franziska, die neben ihnen standen, die Hand zum Beileid.

Plötzlich pustete eine Windbö Heinrich den Hut vom Kopf und drückte ihn gegen das offene Grab. Er hatte alle Hände voll zu tun, das Gleichgewicht wiederzufinden und nicht ins Grab hineinzustürzen. Erschrocken griff er sich anschließend ans Herz und schaute sich verunsichert um.

Der Bürgermeister schüttelte den Kopf und fasste

ihm an die Schulter.

»Na, Heinrich, das war wohl ein Wink mit dem Zaunpfahl von deinem Bruder Johann, weil du beinahe zu ihm hineingefallen bist.«

Er lachte, als er sah, wie Heinrich über seine Worte erschrak, und dann musste er auch noch einen kleinen Seitenhieb loswerden.

»Ich habe gehört, was du vorhast, und er hat bestimmt was dagegen.«

»Red kein Müll, Bürgermeister. Was weißt du denn schon!«

Der Bürgermeister und der Pfarrer hatten am Tag vor der Beerdigung mit Heinrich gesprochen und ihn gefragt, ob er sich um die Kinder kümmern könne.

»Was ist mit dem Hof auf dem Berg und dem Erlös aus dem Verkauf des Käses, den mein Bruder auf dem Schlitten hatte?«, hatte er nach kurzem Nachdenken gefragt.

Der Bürgermeister fuhr sich über den Bart.

»Findest du nicht, dass das noch ein bisschen Zeit hat? Jetzt geht es erst mal um die beiden Kinder. Darum, dass sie den Verlust überwinden. Und der Hof? Der gehört eindeutig ihnen. Vielleicht kannst du ihn im Sommer als Alm bewirtschaften. Tiere sind ja auch noch oben, um die du dich kümmern musst.«

»Ne, ne, Bürgermeister. Das kann ich nicht auch noch machen. Den Hof muss ich verkaufen.«

Heinrich schüttelte den Kopf und trat von einem Bein auf das andere.

»Heinrich!«, rief der Pfarrer und hob den Zeigefinger.

»Versündige dich nicht an deinem Bruder und an den beiden Kindern. Den Hof darfst du nicht verkaufen, aber verpachten. Geräte und Tiere kannst du verkaufen, aber das Geld muss für die Kinder sein. Und sonst nichts! Hörst du, Heinrich?«

»Ja, ja, ist ja schon gut, Pfarrer. Das Geld aus dem Verkauf brauche ich allerdings, um die Kinder zu ernähren und zu kleiden.«

»Meinetwegen, aber der Hof bleibt«, hatte der Bürgermeister das Gespräch beendet.

Selbst an diesem Nachmittag auf dem Friedhof konnte er die unwürdige Diskussion mit Heinrich nicht vergessen. Am liebsten hätte er Bauer Seppl gebeten, die Kinder zu behalten, um das schlechte Gefühl loszuwerden. Aber er sah ein, dass er das nicht konnte. Heinrich als nächster Angehöriger hatte da einfach mehr Rechte.

***

Nachdem der Letzte kondoliert hatte, drehte sich Heinrich um, nickte seiner Frau zu und deutete mit der Hand zum Aufbruch. Mit erhobenem Zeigefinger herrschte er die Kinder an: »Los, ins Gasthaus und keinen Ton dort von euch. Ihr habt still zu sitzen und zu schweigen.«

Wie in Trance hasteten die beiden mit und setzten sich im Gasthof in die hinterste Ecke. Die Wirtin brachte ihnen eine heiße Milch und jedem ein Stück

60

Hefezopf. Das und nur das gab es übrigens für alle Besucher des Leichenschmauses.

In aller Bescheidenheit aßen die beiden Kinder, was man ihnen gegeben hatte, und während sie kauten und aus ihrem Becher schlürften, mussten sie mit anhören, wie Onkel Heinrich anderen Erwachsenen erzählte, wann und wie er alles auf dem Hof ihrer Eltern verkaufen würde. Von irgendwas müsse er ja schließlich die beiden Habenichtse großziehen. Seine Frau Franziska sowie seine Kinder Arthur und Katharina saßen neben ihm und nickten ihm verständnisvoll zu. Den Hof würde er zusperren und das Vieh verkaufen. Er hätte ja für den Sommer seine eigene Alm da oben und sei nicht so dumm gewesen wie sein Bruder Johann. Dass er diesem noch immer verübelte, als Erstgeborener damals den Hof vom Vater bekommen zu haben, würde er im ganzen Leben nicht zugeben. Aber er hatte es Johann immer durch seine Missachtung spüren lassen, sogar jetzt im Tode noch.

»Augen auf bei der Brautschau, kann ich da nur sagen«, rief er in die Runde und stieß ein ekeliges, kaltes Lachen aus, das eigentlich jedem die Gänsehaut über den Rücken jagen musste. Seine Frau lief rot an, senkte den Blick und schämte sich nun doch.

»Aber du lässt die Kinder noch ihre Sachen runterholen, die ihnen wichtig sind, Heinrich.«

Der Bürgermeister war innerlich schon wieder auf Krawall gebürstet, musste sich aber zusammenreißen, damit er den Kindern nicht mehr schadete, als gut war.

»Klar doch«, antwortete Heinrich.

»Morgen fahre ich mit ihnen mit dem Fuhrwerk hoch, dann können sie ihren Plunder einpacken. Zum Glück ist der Weg zum Berg einigermaßen frei.«

Er erhob sich und ließ die Augen durch den Gastraum schweifen.

»Bring mir einen Most, Edeltraud«, befahl er der Bedienung, »damit mir nicht noch schlecht wird vor lauter Fürsorge.«

Benedikt nahm die Hand seiner Schwester, zog sie von ihrem Stuhl hoch und ging mit ihr hinaus auf die Straße. Der Wind war inzwischen so stark geworden, dass sie sich mit ihren kleinen Köpern mit aller Macht dagegenstemmen mussten.

Und er stemmte sich gut dagegen, zog Elena mit sich hinüber auf den Friedhof zum Grab der Eltern, das inzwischen mit Erde bedeckt war. Auf dem Grabhügel lagen einige spärliche Blumensträuße mit herbstlichen Astern, die die Dorfbewohner in ihren Gärten gepflückt hatten. Ein kleines Holzkreuz mit den drei Namen steckte in der frischen Erde.

»Wir hatten gar keine Blumen heute bei der Trauerfeier«, schluchzte Elena.

»Nein. Aber komm, wir gehen da drüben in den Garten und holen uns ein paar. Die sind alle im Gasthof, das merkt niemand.«

Benedikt deutete mit der Hand in den angrenzenden Vorgarten, wo es üppig blühte.

»Nein, Benedikt, das tun wir nicht. Wir stehlen keine Blumen.«

»Was machen wir dann?«

62

»Wir rennen schnell zu Seppls Frau hinüber, die ist nicht mit in den Gasthof gegangen. Wir fragen sie, ob sie uns ein paar schöne Blumen gibt.«

Benedikt lächelte.

»Du bist ein schlaues Mädchen. Klüger als ich, dein großer Bruder.«

»Nein, das bin ich nicht. Ich habe nur gerade Mamas Zeigefinger gesehen. Sie hat immer zu uns gesagt, dass wir nichts nehmen dürfen, ohne zu fragen.«

Er konnte nur nicken, der Kloß saß ihm im Hals, und es fehlte nicht viel, bis er zu weinen begonnen hätte.

Vor Seppls Hof angekommen klopfte er und bat die Bäuerin um einen Blumenstrauß für den Friedhof. Diese nickte freundlich und führte die beiden Kinder in den Garten, wo sie sich einen üppigen Strauß schneiden durften. Eine Blumenvase aus Stein schenkte sie ihnen auch noch. Überschwänglich bedankten sie sich bei ihr.

Zurück auf dem Friedhof stellten sie den Blumenstrauß auf das Grab, und just in dieser Minute fing es an zu regnen. Die Tränen, die den beiden Kindern über die Wangen liefen, vermischten sich mit dem Regenwasser, als hätten sich die Schleusen des Himmels geöffnet.

Das Leben bei Onkel Heinrich

Völlig durchnässt kamen sie danach am Haus von Onkel Heinrich, ihrem neuen Zuhause, an. Schnell schlichen sie nach oben in die Speicherkammer, die ihnen am Vortag zugewiesen worden war. Rechts und links stand jeweils ein altes Bett mit einer durchgelegenen Matratze. Jeder hatte ein kleines Kissen und eine überschwere Zudecke, damit sie nicht froren, wenn der Frost kam, weil das Zimmer nicht beheizt werden konnte. In jedem Bett lag eine Wärmflasche bereit, die sie bei Bedarf in der Küche befüllen konnten. Der Tag war lang und schwer gewesen, und so blieben sie in ihrer Kammer und legten sich beizeiten schlafen.

Am nächsten Morgen wurden sie unsanft von ihrer Tante Franziska aus dem Bett geworfen.

»Aufstehen, ihr Taugenichtse!«, schrie sie.

»Bei uns beginnt der Tag um sechs und keine Sekunde später.«

Elena und Benedikt fuhren vor Schreck aus dem Tiefschlaf hoch und setzten sich kerzengerade im Bett auf.

»Macht schon, es ist Zeit, um in den Stall zu gehen und beim Füttern und Ausmisten zu helfen.«

Franziska drehte sich um, um die Kammer zu verlassen. Dann blieb sie noch einmal kurz stehen.

»Und wenn ihr fertig seid, werdet ihr für Arthur und Katharina das Frühstück machen, damit sie rechtzeitig in die Schule kommen. Ich muss meine Schneiderarbeiten abliefern. Wehe, ich kann mich nicht auf euch verlassen.«

Mahnend hob sie den Zeigefinger und warf den Kindern geschwind noch einen bösen Blick über die Schulter zu.

»Ach so, was ich noch sagen wollte: Ihr braucht nicht mehr zur Schule zu gehen. Es reicht, wenn ihr arbeitet.«

Dann rauschte sie hinaus.

Benedikt glaubte, einer Fata Morgana begegnet zu sein. Ihm waren die Gedanken ganz wirr im Kopf. Erst einmal war er noch nicht richtig wach, dann die Ankündigung, Tante Franziskas Kinder bedienen zu müssen, und als Krönung wurde ihnen auch noch die Schule verwehrt.

»Habe ich das alles richtig verstanden?«, fragte Elena leise.

»Ja, das hast du. Leider!«

»Was soll denn aus uns werden, wenn wir nicht in die Schule gehen? Papa und Mama wollten immer, dass wir fleißig lernen. Sie haben viel gearbeitet, damit wir zur Schule gehen können. Und nun?«

Benedikt wischte sich mit dem Ärmel über die Augen.

»Aus uns wird eine Magd und ein Knecht, wenn wir keine Schule besuchen.«

Er schüttelte den Kopf.

65

»Ich weiß noch nicht, was wir tun können, Elena. Ich weiß nur, dass wir etwas tun. Wir müssen aber jetzt erst mal aushalten, bis ich eine Idee habe. Weißt du, wir haben da oben unseren Hof, der uns beiden gehört. Aber das dauert Jahre, bis wir darüber verfügen können.«

Er schritt auf seine Schwester zu und umfasste sie an den Schultern.

»Wir haben uns geschworen, stark zu sein, und das werden wir auch. Aushalten und stillhalten, das ist das, was wir jetzt tun werden. Und gleichzeitig werden wir die Augen offenhalten, ob wir einen Ausweg finden. Hast du mich verstanden?« Er rüttelte sie leicht.

»Ja, ich habe dich verstanden.«

Sie zog ihn am Ärmel.

»Komm, wir gehen in den Stall, damit wir fertig werden.«

Als sie in die Küche kamen, um das Frühstück herzurichten, saßen die Kinder des Hauses schon am Küchentisch. Ihr Cousin Arthur, der dreizehn Jahre alt war, trommelte ungeduldig auf der Tischplatte herum. Seine drei Jahre jüngere Schwester Katharina zeigte den beiden eine lange Nase.

»Na, wird's bald?«, rief Arthur.

»Wir müssen zur Schule.«

»Ich hätte gern heiße Milch und ein Marmeladenbrot«, gab Katharina ihre Bestellung auf.

»Und ich will Leberwurst«, ergänzte Arthur und lachte laut.

66

»Ihr beide könnt froh sein, dass ihr nicht in die Schule müsst. Wozu lernen, wenn man arbeiten kann? Ach ja, und euer Essen verdienen müsst ihr euch auch noch«, schleuderte er ihnen hämisch entgegen.

Elena stellte wortlos die gewünschte Milch und das Brot auf den Tisch, während Benedikt das Schneidbrett und das Messer säuberte.

Als er sich mit einem Brot und Milch für sich und seine Schwester an den Tisch setzen wollte und durch die Küche huschte, eilte Arthur an ihm vorbei und stellte ihm das Bein, sodass er in voller Länge hinschlug. Das Brot flog durch die Küche und blieb an der Wand kleben, die Milch schwappte über den Dielenboden.

»Pass doch auf, du Depp!«, rief Arthur und lachte.

Im gleichen Moment öffnete sich die Küchentür, und Heinrich kam herein. Als er die Situation erfasst hatte, holte er aus und schlug Benedikt mit der flachen Hand mitten ins Gesicht. Elena begann zu weinen, denn ihr Bruder tat ihr leid.

»Du hörst sofort auf zu flennen«, bestimmte Heinrich und deutete mit dem Finger auf sie. Er setzte sich mit einem Becher heißen Malzkaffee, der auf dem Herd stand, an den Küchentisch und warf Benedikt einen finsteren Blick zu.

»Und du machst die Schweinerei weg, die du angerichtet hast. Dann zieht ihr euch Jacken an. Wir fahren auf den Hof hinauf und holen eure Sachen.«

Benedikt freute sich insgeheim, zum Hof seiner Eltern gehen zu können. Er wollte sich wichtige Dinge und Erinnerungsstücke mitnehmen und sich gleichzeitig umsehen, ob er etwas fand, mit dessen Hilfe sie zurückkommen oder zumindest die Familie seines Onkels verlassen konnten.

»Können wir ein wenig Milch trinken und ein Brot essen, ehe wir gehen?«, fragte er, während er sich noch die rote Gesichtshälfte rieb.

Heinrich blickte auf.

»Schon wieder essen?«

»Wir haben noch nichts gegessen, wir haben den Stall gemacht«, erklärte Benedikt schnell.

»Keine Zeit mehr. Könnt ihr machen, wenn wir zurückkommen. Auf geht's!«

Heinrich hatte im Innenhof ein Fuhrwerk bereitgestellt und die Pferde schon angespannt. Heute war ein guter Tag, denn der sehr früh gefallene Schnee war über weite Strecken wieder geschmolzen, sodass er das Fuhrwerk nehmen konnte. Die Kinder schickte er auf den Wagen, und er selbst setzte sich auf den Bock und nahm die Zügel in die Hand. Auf sein Zungenschnalzen trabten die Pferde los.

Elena und Benedikt klopfte das Herz laut und hart gegen die Brust. Je näher sie ihrem Zuhause kamen, desto aufgeregter wurden sie. Und als sie das Gatter durchfuhren, hielt sie nichts und niemand mehr. Noch vom fahrenden Wagen sprangen sie ab und rannten auf das Haus zu.

Die Haustür war nicht verschlossen, in der Küche war alles noch genau so, wie sie es verlassen hatten. Benedikt setzte sich an den Tisch und genoss zunächst einmal die vertraute Umgebung, obwohl er wusste, dass

68

es nur ein kurzer Besuch sein würde.

Plötzlich hörte er lautes Stimmengemurmel. Als er durch das Fenster auf den Hof blickte, sah er, wie Onkel Heinrich mit vielen Männern verhandelte. Er zeigte ihnen die Tiere, den Pflug, die Werkzeuge, und er hatte auch den Käse aus dem Keller geholt, den seine Eltern nicht auf den Schlitten geladen hatten.

Benedikt pustete die Backen auf.

»Was ist denn los?«, wollte Elena wissen.

»Der liebe Onkel verkauft unser Erbe. Der verscherbelt alles, was nicht niet- und nagelfest ist.«

»Muss er uns das Geld geben?«

»Hm, das ist kein netter Onkel, kein lieber Bruder unseres Vaters.«

Benedikt drehte sich um und schüttelte den Kopf. Dann setzte er sich wieder an den Küchentisch und stützte den Kopf auf die Hände.

»Ich habe den Bürgermeister gehört, wie er ihm verboten hat, unseren Hof zu verkaufen. Er hat ihm gesagt, dass er ihn für uns behalten muss. Aber alles, was nicht festgebaut ist, das ist in ein paar Jahren verrostet, alt und nichts mehr wert. Auch die Tiere müssen jetzt weg. Und das Geld, das will er behalten, weil er uns ja versorgen muss.«

»Aber er hat doch gesagt, dass wir für unser Essen arbeiten müssen. Dann braucht er das Geld nicht«, überlegte Elena.

»Der hat uns nur genommen«, schlussfolgerte Benedikt, »weil er unser Erbe will. Ich hoffe, dass er wenigstens den Hof hier in Ruhe lässt.«

Die Tür flog auf, und Heinrichs Gesicht erschien im Türrahmen. »Seid ihr fertig mit dem Packen?«

»Gleich.« Benedikt bedeutete seiner Schwester mit dem Kopf, mit ihm nach oben zu kommen. Dort suchten sie ihre wenigen Habseligkeiten wie Kleidung, Schreibutensilien, Bücher und Hefte zusammen.

Benedikt sah sich um und überlegte, wo sie alles hineinpacken könnten. Da fiel sein Blick auf einen alten Koffer, der, seit er denken konnte, unter dem Schrank seinen Platz hatte. Rasch zog er ihn hervor, und nachdem er die Schlösser geöffnet hatte, fielen ihm ein paar Sachen in die Hände, die er erst begutachten musste.

Eine Holzkiste mit einem Riegel. Als er ihn aufschob, kam ihm der geliebte Weihnachtsschmuck entgegen.

»Unsere Weihnachtskugeln!«, rief Elena.

»Mama hat hier die Kugeln aufbewahrt.«

Rasch wischte sie sich über die Augen. Schon wieder kamen ihr ungewollt die Tränen.

»Die nehmen wir mit. So können wir im Geiste mit unseren Eltern und Anna das Weihnachtsfest feiern.«

Benedikt schloss den Riegel, legte die Kiste wieder in den Koffer und nahm die anderen Dinge zur Hand. Eine fast ungebrauchte Strickjacke von ihrem Vater, eine von ihrer Mutter und auch jeweils eine von allen drei Kindern.

»Das sind die Strickjacken, die wir Heiligabend anhatten«, sagte Elena, und ihre Stimme zitterte.

»Mama hat die alle von unserer Schafwolle gestrickt. Sie wollte, dass wir an den Weihnachtstagen festlich aussehen.«

Benedikt nahm jede Jacke einzeln in die Hand, hielt sie sich an die Nase und roch daran. Alle dufteten nach der jeweiligen Person, die die Jacke getragen hatte, obwohl sie fast ein ganzes Jahr in dem Koffer gelegen hatten.

»Bitte nimm die auch alle mit.«

Elena strich ihm über den Arm.

»Ja, ich nehme alle mit. Und die Weihnachtskugeln sind unsere Glückskugeln. Wenn wir sie eines Tages an einen Baum hängen, dann geht es uns wieder gut, und dann sind unsere Eltern und unsere Schwester ganz nah bei uns. Aber bis dahin bleibt das unser Geheimnis.«

Benedikt legte die anderen Sachen obendrauf und klappte die Schlösser zu. Gemeinsam zogen die Geschwister den großen Koffer die Stiege hinunter und schleppten ihn dann raus auf den Hof.

Heinrich saß schon auf dem Kutschbock. Die Kinder mussten den Koffer alleine auf den Wagen heben, was ihnen nur mit sehr viel Mühe gelang.

Zu Hause angekommen befahl ihnen der Bauer, die Pferde zu striegeln und abzutrocknen, während er sich in die Küche setzte und einen Most genehmigte.

Elena schwitzte und war mittlerweile völlig entkräftet.

»Mir ist ganz schlecht vor Hunger, Benedikt.«

Der schaute sie unter seinem Pferd hindurch an. »Mir auch. Wir sind gleich fertig, und dann hoffe ich, dass wir etwas zu essen bekommen. Schließlich hatten wir den ganzen Tag nichts. Halte durch, bitte.«

Benedikt hörte Stimmen, Arthur und Katharina kamen um die Ecke. Sie hatten beide einen Stock in der Hand, den sie auf dem Boden hin und her schleiften.

»Schau mal, Katharina, da sind ja unsere zwei Mitbewohner.«

Arthur blieb stehen und grinste die beiden schwer arbeitenden Kinder an.

Als Elena um das Pferd herumlaufen wollte, weil sie mit ihrer Arbeit fertig waren, schob ihr Arthur seinen Stock so vor die Beine, dass sie stolperte und mit dem ganzen Körper auf die Pflastersteine flog.

Benedikt rannte schnell zu ihr hin und hob sie auf. Sie hatte sich die Knie aufgeschlagen, die nun bluteten, und außerdem das ganze Gesicht aufgeschürft. Vorsichtig strich er ihr die Haare beiseite und drückte sein Taschentuch auf die blutenden Knie.

»Nicht weinen«, flüsterte er.

»Ich mache dir das gleich sauber, wenn wir in unserer Kammer sind. Gib ihnen keinen Grund weiterzumachen, bitte.«

Ganz fest blickte er ihr in die Augen.

Es kostete Benedikt ungeheure Beherrschung, nicht hinzugehen und sich mit Arthur zu prügeln. Wäre nur er davon betroffen, dann wäre ihm das egal gewesen. Aber so hatte er Verantwortung für seine Schwester, und sie waren beide müde und hungrig. War das alles erst der Anfang, oder würde es noch schlimmer für sie beide kommen? Heute hatten sie zum Beispiel noch gar nichts zu essen bekommen. Wie sollten sie arbeiten,

72

wenn die Kräfte mehr und mehr schwanden?

Ganz langsam erhob er sich und zog Elena an den Armen ebenfalls hoch. Dann hängte er die Pferde ab, und jeder von ihnen führte eines in den Stall. Zuletzt mussten sie noch den schweren Koffer vom Wagen holen und auf ihre Kammer schleppen, was eine große Kraftanstrengung bedeutete. Doch sie wollten mit ihrem Koffer so schnell wie möglich nach oben und sich ausruhen.

Sie hatten ihre Arbeit schweigsam verrichtet und Arthur und Katharina keines Blickes gewürdigt. Diese sahen ihnen irritiert zu, wie sie sich abmühten. Sie hatten schon damit gerechnet, dass Benedikt und Elena sich wehren, dass sie meckern oder versuchen würden, zurückzuschlagen. Aber nichts da, die beiden reagierten nicht, und deshalb fanden sie das Ganze ziemlich langweilig und uninteressant.

Etwas später ging Benedikt in die Küche, wo alle bei einem reichhaltigen Abendbrot beisammensaßen. Er traute sich nicht, an den Tisch zu treten, sondern blieb an der Tür stehen und schaute zu Franziska, die gerade dabei war, Speck zu schneiden.

»Darf ich für meine Schwester und mich etwas zu essen haben?«, fragte er.

»Seid ihr fertig mit der Arbeit?«, kam prompt die Gegenfrage.

»Ja«, flüsterte er und verschlang die Hände ineinander: Er hatte richtig Schiss, mit leeren Händen gehen zu müssen. Schon die ganze Zeit war ihm das Wasser im

Mund zusammengelaufen von dem guten Duft nach Wurst, Speck und Brot.

»Dann komm schon her.«

Schnell schnitt Franziska zwei große Brotscheiben von dem runden Laib ab und beschmierte diese mit selbst gekochter Erdbeermarmelade. Dazu goss sie Milch in zwei Becher. Dann deutete sie auf den Tisch. »Hier, nimm mit, und wenn ihr fertig seid, dann wascht ihr euch und geht schlafen. Morgen um fünf ist Aufstehen. Verstanden?«

Benedikt griff nach dem Teller und den beiden Bechern.

»Ja.«

Schnell schlich er aus der Küche. Er war heilfroh, ein Brot und etwas Milch zu haben, auch wenn er lieber Wurst gegessen hätte.

Mit Heißhunger verspeisten sie die Brote und tranken ihre Milch. Nun wurde noch der Koffer versorgt, und zum Schluss reinigte Benedikt Elenas Wunden. Nachdem sie sich hingelegt hatten, dauerte es nicht lange, bis sie vor Übermüdung einschliefen.

Von da an mussten die beiden jeden Tag morgens und abends die Tiere versorgen und den Stall reinigen. Über den Tag hinweg waren sie natürlich auch immer beschäftigt. Sie waren überall zu finden, wo es was zu tun gab. Rumgeschickt und schikaniert wurden sie von der ganzen Familie. Zu essen bekamen sie indes nicht viel. Nicht selten legten sie sich mit hungrigem Magen schlafen. Elena wurde immer verschlossener, weshalb sie immer öfter als bockig hingestellt wurde und dann

74

eine Tracht Prügel bezog. Benedikt litt mit ihr und hätte ihr die Schläge gerne abgenommen. Doch hätte er sich eingemischt, wären sie nur beide bestraft worden. Immer wieder bat er deshalb seine Schwester, auf eine Frage auch eine Antwort zu geben und auf einen Befehl ebenso. Aber sie schwieg beharrlich.

An einem Sonntag nach dem gemeinsamen Kirchgang hörte Benedikt, wie der Pfarrer nach dem üblichen Händedruck Heinrich ein paar Worte zusteckte.

»Das darfst du nicht machen, Heinrich. Die Kinder können nicht auf Dauer so schwer arbeiten, und mehr zu essen geben musst du ihnen auch. Schau sie doch an, das sind keine gut ernährten Kinder, das ist nur noch der Tod auf Stelzen, der einem da entgegenkommt.«

Heinrich schüttelte den Kopf und blickte sich um, ob jemand in der Nähe stand. Dann zog er den Pfarrer am Ärmel seines Talars etwas zur Seite. »Red nicht, Pfarrer. Du bekommst dein Essen geschenkt, wir aber müssen es uns jeden Tag mühselig erarbeiten. Der Bürgermeister muss mir den Hof freigeben, damit ich ihn verkaufen kann.«

Angeekelt strich der Pfarrer Heinrichs Hand von seinem Arm.

»Du versündigst dich! Pass gut auf, Gottes Strafe ist dir gewiss.«

Für einen kurzen Moment war Heinrich verunsichert, aber dann bekam er wieder Oberwasser. Ach was, der musste ja so reden, der Pfarrer. Er würde jetzt einen Versuch starten, um still und leise den Hof loszuwerden. Aber die Gören, die würden für ihr Essen trotzdem weiterarbeiten. Nichts war umsonst.

»Was steht ihr hier herum und spitzt die Ohren?«, fuhr er Benedikt und Elena an.

»Seht zu, dass ihr nach Hause kommt, und macht euch in der Küche nützlich!«

Die Kinder rannten zurück zum Haus und öffneten die Küchentür. Wie es Franziska so schnell schaffte, nach dem Gottesdienst zurückzukommen und auch schon in den Töpfen zu rühren, wunderte sie jeden Sonntag aufs Neue. Wahrscheinlich verließ sie die Kirche bereits am Ende des Vaterunsers und wartete den Segen gar nicht erst ab. Das wäre leichtsinnig, überlegte Benedikt. Wie ging der Text noch mal? *Der Herr segne und behüte dich...*

Also, er würde da lieber sitzen bleiben, um den Segen zu erfahren. Aber wie war das mit seinen Eltern gewesen? Warum behütete Gott sie nicht, obwohl sie am Sonntag zuvor den Segen bekommen hatten?

»Hey, pass auf, du Idiot!«, schrie Arthur auf einmal los.

»Du kannst doch nicht die Suppe verschütten!«

Benedikt erschrak. Er war so in seine Gedanken verstrickt gewesen, dass er gar nicht bemerkte, dass er etwas Suppe vergoss.

»Entschuldigung«, sagte er und holte sogleich einen Lappen.

»Musst dich nicht entschuldigen, Benedikt. Das Rindvieh hat dich extra geschubst«, sagte Elena leise.

76

Es war das erste Mal seit Tagen, dass sie wieder sprach. Aber leider war es das Falsche an der falschen Stelle.

Heinrich, der neben ihr auf dem Stuhl am Kopfende saß, langte spontan aus und schlug ihr so kräftig ins Gesicht, dass sie auf der Bank umfiel.

»Beschuldige nie wieder meinen Sohn, du kleine Schlampe! Schaff dich in deine Kammer, dein Mittagessen fällt heute aus!«, schrie er. Sein Gesicht lief vor Zorn rot an und ließ keine Widerrede zu.

Elena war es aber ohnehin egal, sie spürte noch nicht einmal mehr den Schmerz, weil sie schon so oft verprügelt worden war. Sie erhob sich und schlürfte hinaus.

Ihr Bruder schwieg, aß mit den anderen seine Suppe und bekam nur Kartoffeln, Bohnen und Soße, vom Sonntagsbraten jedoch nichts. Geschickt hatte er sein sauberes Taschentuch in der Hosentasche zu einem Säckchen geformt und legte nun immer wieder unbemerkt abwechselnd ein in die Soße getauchtes Stück Kartoffel und eine Bohne hinein.

Franziska sah, dass sein Teller fast leer war, und legte ihm ausnahmsweise noch ein bisschen nach. Der Pfarrer hatte sie vor dem Gottesdienst gehörig ins Gebet genommen, und deshalb wollte sie heute ein wenig nachgeben. Aber morgen würde es wieder wie gewohnt zugehen, das nahm sie sich fest vor.

Benedikt brachte seiner Schwester sein gesammeltes Mittagessen, das sie innerhalb kürzester Zeit verschlang.

Er legte sich auf sein Bett. Der Sonntag war der einzige Tag in der Woche, der ihnen wenigstens etwas Ruhe gestattete. Sie mussten nur morgens und abends den Stall und die Tiere machen, den Rest des Tages hatten sie für sich. Damit das auch so blieb, versteckten sie sich quasi in ihrer Kammer. Nicht dass noch jemand auf den Gedanken kam, sie für irgendeine Arbeit einzuspannen.

Er hatte nach der Kirche genug gehört, Heinrich wollte den Hof verkaufen. Aber warum denn, das war doch ihr Zuhause? Wie sollte er das nur verhindern?

»Was denkst du, Benedikt?«

Elena erkannte, dass ihr Bruder sich Sorgen machte. »War noch was in der Küche, als ich gegangen bin?«

Benedikt setzte sich auf.

»Nein, da war nichts. Aber ich habe nach der Kirche gelauscht und gehört, dass er unseren Hof verkaufen möchte. Der Pfarrer hat allerdings gesagt, dass er das nicht darf. Nun befürchte ich, dass er es trotzdem einfach macht.«

»Lass ihn machen. Bis wir groß sind, hat er uns totgeschlagen, oder wir sind verhungert. Dann brauchen wir keinen Hof mehr.«

Elenas Stimme wurde immer leiser, und die Tränen drückten aus ihren Augen.

Benedikt sprang vom Bett auf.

»Elena, das darfst du noch nicht einmal denken. Wenn es dieser Hof nicht ist, dann ist es ein anderer. Oder aber wir suchen uns ganz andere Berufe. Du und ich, wir werden das hier überstehen.«

78

Elena fuhr sich mit der Hand über die Wange.

»Wo nimmst du nur den Mut und die guten Gedanken her? Ich weiß manchmal nicht, ob wir es schaffen, geschweige denn, dass wir was anderes machen können, so ganz ohne Schule.«

Elena zog sich die Decke über die Füße. Ihr war kalt, und ihr Körper zitterte.

Benedikt rückte zu ihr hin und legte den Arm um ihre Schultern.

»Ich spüre, dass wir das schaffen. Nachts sehe ich öfter mal unsere Mama, wie sie den Weihnachtsbaum mit unseren Kugeln schmückt. Immer nickt sie mir zu und zeigt auf die Kugeln. Dann sagt sie zu mir: ‚Alles wird gut, mein Junge.«

Er schloss für einen Moment die Augen, um dieses Gefühl zu spüren.

»Deshalb bin ich so zuversichtlich. Ich möchte, dass wir die Kugeln immer bei uns haben. Und wenn wir es hier gar nicht mehr aushalten, dann gehen wir einfach weg.«

Zärtlich strich er Elena mit der Hand über den Kopf. »Bitte sei zuversichtlich und pass dich ein bisschen besser an. Das erspart dir viele Prügel und körperlichen Schmerz.«

Elena aber hörte seine letzten Worte nicht mehr. Sie war bereits eingeschlafen.

Heinrichs Begegnungen mit der Mystik

Zwei Tage später spannte Heinrich ziemlich schweigsam den Pferdewagen an, was er sonst immer den Kindern auftrug.

»Wo fährst du hin?«, wollte Franziska wissen.

»Verschwinde und mach deine Arbeit. Du musst nicht alles wissen«, keifte er seine Frau an.

Er sprang auf den Bock und ließ die Peitsche knallen, schnalzte mit der Zunge und fuhr aus dem Hof.

Für heute hatte er sich auf dem Berg mit einem Bauern aus der Stadt verabredet, der eventuell den Hof für eine neue Alm kaufen wollte. Ein schlechtes Gewissen hatte er dabei nicht. Die alte Bruchbude musste jetzt weg, sonst würde man gar nichts mehr dafür bekommen. Die Kinder brauchten den Hof nicht, und bis sie erwachsen waren, würde der ohnehin verrottet sein.

Dass es sich auch um sein Elternhaus handelte und er da oben ebenfalls seine Kindheit verbracht hatte, interessierte ihn nicht mehr. Die Wut auf seinen Vater und seinen Bruder saß immer noch tief.

Oben angekommen lief er über das Grundstück, und es dauerte nicht lange, bis der Bauer um die Ecke kam. Gemeinsam schritten sie alles ab und schauten sich ausgiebig um.

»Der Hof meines Bruders ist gut erhalten.«

Heinrich bot dem Bauer das Gehöft an wie saures Bier.

»Ja schon, aber da wäre trotzdem noch einiges zu erneuern und zu vergrößern. So einfach kann ich nicht die Kühe hochbringen. Schließlich muss die Käseproduktion laufen. Dein Bruder hatte viel weniger Vieh als ich.«

»Platz hast du ja hier genug. Wenn es dir gehört, dann kannst du machen, was du willst.«

Heinrich spürte, dass sein Gegenüber jetzt um den Preis handeln wollte. Aber er hatte kein Interesse an solchen Fisimatenten. Der Bauer war reich, da musste er ihm nicht das Geld aus der Tasche leiern wollen.

»Hast du den Grundbuchauszug oder den Erbschein dabei, damit ich sehen kann, dass du verkaufen darfst?«, wollte dieser nun wissen.

»Ich bin der Vormund der Kinder, ich kann das.«

In diesem Moment kam eine Windbö auf, die beide Männer gegen den Stall schleuderte, und dann sackten sie zu Boden.

»Was war denn das?«, rief der Bauer.

»Da wird doch kein Sturm kommen? Komm, wir fahren runter, ich überlege mir das mit dem Hof und melde mich bei dir.«

Heinrich zog sich hoch, klopfte sich die Hose ab, hob seine Mütze auf und nickte. Er konnte gerade nichts sagen, denn er hatte sich so erschrocken, dass ihm die Luft wegblieb.

Als der Bauer weg war, setzte er sich auf seinen Kutschbock und wollte den Pferden das Zeichen zur

Abfahrt geben, da kam erneut eine Bö und riss ihn vom Kutschbock herunter. Über ihm war der Himmel rabenschwarz. Die Wolken sahen furchterregend aus. Plötzlich setzte ein Platzregen von wenigen Minuten ein, in einer Stärke, wie er es noch nie erlebt hatte.

Heinrich hielt sich die Augen zu, seine Pferde scheuten und stoben samt dem Leiterwagen davon.

»Das ist die Götterdämmerung, die Hölle«, flüsterte er und richtete sich langsam wieder auf. So schnell, wie der Wind angefangen hatte zu toben, so schnell war er auch wieder still. Ängstlich sah Heinrich sich um und suchte seine Pferde, gleichzeitig versuchte er, sich einen Eindruck über die Wetterverhältnisse zu verschaffen. So etwas hatte er noch nie gesehen. Als hätte der Herrgott alle Schleusen geöffnet.

Der Herrgott? Langsam drehte er sich um und schaute zum Haus seines Bruders. Für einen einzigen Moment glaubte er, an der Eingangstür seinen Bruder und dessen Frau stehen zu sehen.

Er fuhr sich mit der Hand über die Augen, um das Bild wegzuwischen.

»Das hat mir gerade noch gefehlt. Jetzt sehe ich schon Geister. Nun ist aber gut für heute.«

Er schüttelte sich kurz und machte sich dann auf den Weg, den vermutlich die Pferde genommen hatten und der nach unten ins Dorf führte.

Weit mehr als eine Stunde war er jetzt schon unterwegs, und dann, als er schon fast nicht mehr daran glaubte, sein Fuhrwerk wiederzufinden, sah er seine Pferde rechts auf einer Lichtung stehen. Der Wagen hing im Gestrüpp, und die Pferde befanden sich so knapp am Abgrund, dass ihm ganz anders wurde. Schnell hängte er sie von der Deichsel ab und band sie weiter unten an einen Baum. Anschließend wartete auf ihn die schweißtreibende und stundenlange Aufgabe, seinen Wagen aus dem Gebüsch zu ziehen.

Als er sich zwischendurch ein paar Minuten auf einem Baumstumpf ausruhte, weil selbst ihm als Mann die Kräfte abhandengekommen waren, schaute er sich zum ersten Mal auf dieser Lichtung etwas genauer um.

Hastig kniff er die Augen zu, um besser lesen zu können. Nachdem er die kleinen Buchstaben aneinandergereiht hatte, glaubte er, das Opfer einer Halluzination zu sein. Dahinten am Ende der Lichtung stand ein kleines Holzkreuz mit der Aufschrift *Zum Gedenken: Johann, Sarah und Anna Hofer* und das Sterbedatum.

Seine Hände begannen zu zittern.

»Das ist doch alles nicht mehr normal!«, brüllte er in den Wald hinein.

»Da oben die zwei Windböen, die schwarzen Wolken, der wahnsinnige Regen, dazu mein Bruder und seine Frau am Eingang, und jetzt haben sich meine Pferde ausgerechnet auf der Lichtung im Gebüsch verstrickt, die meinem Bruder zum Verhängnis wurde!«

Ohne weitere Pause schuftete er hektisch, bis er endlich seinen Wagen befreit hatte, weil er so schnell wie möglich diesen merkwürdigen Ort verlassen wollte. Als er so weit war, spannte er seine Pferde an und fuhr nach Hause.

Im Hof sprang er vom Fuhrwerk und rannte zum

Brunnen. Er nahm sich noch nicht einmal die Zeit, frisches Wasser zu pumpen, sondern schaufelte mit bloßen Händen das abgestandene Wasser aus dem Trog und trank es in hastigen Schlucken, so durstig war er.

Franziska kam zufällig mit ihrem Wäschekorb über den Hof und blieb neben ihm stehen.

»Wie siehst du denn aus? Bist du gestürzt?«

Sie strich ihm über den verschmutzten Jackenärmel und reichte ihm ihr Taschentusch, damit er sich den Schweiß von der Stirn wischen konnte. Es kam aber keinerlei Reaktion von ihm. Sie schaute ihn abwartend an, denn so schweigsam wie an diesem Tage war er sonst nie.

»Heinrich! Was ist passiert?«, versuchte sie es noch einmal.

»Halt einfach dein Maul und geh deinen Weg. Nichts ist passiert. Gar nichts!«, schrie er, drehte sich um und entdeckte Benedikt, der mit seiner Schwester gerade den Hof fegte.

»Komm her, du Schlawiner!«, keifte er.

»Trockne die Pferde ab und bring sie in den Stall. Aber schnell!«

Benedikt schaute kurz seine Schwester an und gab ihr den Besen. Dann machte er sich an die Arbeit.

Heinrich sah ihm noch einen Moment lang zu. Sein Zorn, der sich auf der Heimfahrt angesammelt hatte, war immer noch grenzenlos. Erstens, weil er jetzt fürchtete, dass der Bauer vom Kauf des Hofes absprang. Und zweitens war ihm immer noch ganz flau im Magen, wenn er an die mehr oder weniger zufälli-

84

gen Vorkommnisse dachte, die er nicht einordnen konnte. Und nun bildete er sich auch noch ein, dass Benedikt zu langsam arbeitete und seine Pferde krank werden könnten, denn sie dampften aus allen Poren. Im Reflex seines Jähzorns griff er nach der Peitsche, riss sie aus dem Halter und ließ die Lederriemen auf Benedikts Körper herunterknallen.

Dieser schrie auf und krümmte sich vor Schmerz. Der Striegel flog ihm aus der Hand, weshalb Heinrich zum zweiten Schlag ansetzte.

»Was macht du denn da, Heinrich?«, rief der Bürgermeister, der gerade die Einfahrt durchquerte.

Heinrich erschrak und zog den Arm zurück.

»Was willst du, Bürgermeister? Das ist mein Haus, und hier mache ich, was ich will. Verstanden?«

»Lass den Jungen in Ruhe. Der kann nichts dafür, dass du heute umsonst auf den Berg gefahren bist.«

»Woher willst du denn das wissen?«

»Die Vögelchen haben es mir gezwitschert. Die zwitschern mir immer alles.«

Der Bürgermeister ging auf Benedikt zu.

»Komm, mein Junge, hab keine Angst. Geh mit deiner Schwester ins Haus. Ich mache das mit dem Heinrich.«

»Du hast mir gar nichts zu sagen, Bürgermeister. Du hast mir die Bagage aufgeschwatzt, und jetzt muss ich sehen, wie ich damit zurechtkomme.«

Heinrich schwitzte immer noch, und Franziska verstand nicht, was die Andeutungen sollten, die die beiden hin und her geworfen hatten.

Das Elend der Waisenkinder

Von diesem Tage an wurde es für die armen Kinder noch schlimmer. Heinrich gab ihnen die Schuld an seinem Alptraum, in dem ihm immer wieder sein Bruder Johann mit erhobenem Zeigefinger und zornigem Gesicht erschien. Allerdings sagte er nie etwas zu ihm, sodass er es am Tag danach immer relativ schnell verdrängen und an den Kindern auslassen konnte.

Und dann mussten sie auch seine Wut darüber ertragen, dass er den Hof ihrer Eltern noch immer nicht verkaufen konnte. Es ergab sich einfach nicht, dass ein Auswärtiger kam, und die Bauern im Dorf wussten, dass er eigentlich den Hof gar nicht verkaufen durfte, und lehnten daher das Geschäft stets ab. Selbst dann, wenn ihnen das Grundstück gut gefallen hätte.

Das machte Heinrich immer wütender, und der Alltag wurde für die Kinder noch schwerer zu ertragen.

Im Sommer während der Ernte dachte Benedikt manchmal, dass er weder seine Schwester beschützen konnte, noch er selbst die Tage überstehen würde.

»Los, macht schon! Steht endlich auf!«

Franziska stand an der Tür und wartete, bis sie endlich Gehör fand.

Benedikt schmerzte, nachdem er sich aufgesetzt hatte, der ganze Körper, und Elena lag trotz des Gebrülls noch im Tiefschlaf.

»Wir kommen gleich. Gib uns nur ein paar Minuten, um wach zu werden, bitte.«

Benedikt schaute Franziska fragend und gleichzeitig bittend an.

Diese schüttelte den Kopf. Manchmal konnte sie den bettelnden Augen auch nicht widerstehen.

»Fünf Minuten, und dann steht ihr unten in der Küche.«

Benedikt nickte, obwohl Franziska das nicht sehen konnte, und kämpfte sich mit seinen schmerzenden Gliedern aus dem Bett. Elena war inzwischen auch wach, lag aber noch in ihrem Bett.

»Komm, Elena, wasch dir dein Gesicht und zieh dich an«, bat er sie.

»Wir müssen runter.«

»Ich kann nicht mehr.«

»Doch, du kannst, auch wenn es schmerzt.«

Er trat auf seine Schwester zu und legte ihr wie schon so oft den Arm um die Schultern.

»Die Ernte ist in ein paar Wochen vorbei, dann wird es wieder besser. Komm jetzt.«

Heinrich saß schon auf dem Kutschbock und wartete, was ja nicht gerade seine Stärke war. Als alle auf dem Wagen saßen, schnalzte er mit der Zunge, und die Pferde bewegten sich.

Benedikt dachte an den Tag zuvor, der bereits um fünf Uhr begonnen hatte. Es war der erste Tag der Getreideernte gewesen. Das Wetter war gut, und deshalb mussten alle mithelfen.

Heinrich schnitt die Frucht mit der Sense ab, Franziska fasste die Ähren mit der Sichel zusammen. Die beiden Mädchen mussten die Jutestricke hinlegen, damit Franziska die Ährenbündel hineinlegen konnte. Arthur schnürte die Bündel, und Benedikt war dazu verdonnert, die Bündel aufzustellen. Am Abend waren sie auf der Dreschmaschine angemeldet. Leider war Heinrich der Letzte auf der Warteliste, und so war es weit nach Mitternacht, bis sie nach Hause und in ihr Bett gekommen waren.

Und heute war nun wieder so ein Tag.

»Absitzen!«, schrie Heinrich.

Alle folgten und griffen nach ihrem Werkzeug, die Mädels nach ihren Stricken, und dann begann Heinrich mit seiner Sense.

»Mach du für mich mit, ich muss mal«, forderte Katharina Elena nach einer Weile auf.

Elena nickte.

»Aber beeil dich, ich kann nicht für zwei arbeiten.«

Doch Katharina antwortete ihr nicht und rannte davon.

Elena gab sich alle erdenkliche Mühe, so schnell wie möglich die Stricke zu legen, aber Franziska und Arthur, der seine Mutter heute unterstützte, waren einfach zu schnell.

»Pennst du?«, keifte Arthur und schlug Elena mitten ins Gesicht.

Elena schluchzte.

»Ich kann nicht schneller. Ihr seid zu zweit, und ich

88

bin alleine. Wo ist denn Katharina so lange?«

»Was geht dich das an? Hör auf zu schwafeln und mach schneller.«

Arthur hatte sich breitbeinig vor ihr aufgebaut.

Benedikt stellte sich rasch neben seine Schwester, nahm einen Stapel mit Stricken vom Boden und legte ganz schnell mehrere Reihen aus. »Ich helfe kurz ein bisschen mit, bis Katharina wieder hier ist. Das mit dem Aufstellen der Bündel, das schaffe ich schon.«

Er wartete gar nicht erst ab, ob jemand protestierte, sondern machte einfach weiter und zog seine Schwester mit.

Am Abend, als sie zurückkamen, bekam Elena nur eine halbe Scheibe Brot. Das war die Strafe dafür, dass sie nicht schnell genug gearbeitet hatte. Benedikt aber hatte so etwas schon vermutet und füllte wie schon so oft seine Hosentasche mit Essen für die Schwester.

Zwei Wochen nach der Getreideernte ging es auf den Kartoffelacker. Heinrich hackte die Kartoffelstöcke aus, Franziska und die Kinder mussten die Kartoffeln auflesen und in die Körbe legen, die Franziska dann zum Wagen schleppte.

Elena arbeitete mit ihren kleinen Händen ununterbrochen.

»Mir ist schlecht«, sagte sie auf einmal ganz leise, und noch ehe Benedikt sich ihr zuwenden konnte, kippte sie zur Seite und musste sich übergeben.

»Igitt, was soll das, du Schwein?«

Arthur schubste Elena vollends um, sodass sie mit

dem Kopf in ein Loch fiel, aus dem zuvor ein Kartoffelstock herausgehackt worden war.

»Elena kann doch nichts dafür«, erklärte Benedikt. »Sie hat bestimmt nur zu wenig Wasser getrunken.«

Arthur wurde zornig.

»Du Schlawiner hast natürlich immer eine Ausrede für die Faulheit deiner Schwester.«

»Hört auf!«, rief Heinrich.

»Körbe aufladen, aber sofort. Wir fahren nach Hause.«

Nach den Kartoffeln gab es nur noch das Gemüse aus dem Garten abzuernten. Und dann kam der Herbst und der Winter, da wurde es zum Glück sehr viel ruhiger.

***

Im Frühjahr überschlugen sich dann die Ereignisse. Es begann damit, dass der junge Arthur am letzten Sonntag im Februar jegliche menschliche Regung und jeden Anstand vergaß.

Heinrich und Franziska waren nach der Kirche mit dem Pferdewagen in die Stadt gefahren. Sie wollten sich das Marktfest der Käsereien anschauen, und Heinrich hatte sich mit einem Mann verabredet, der ihm Genaueres über die Schwabenkinder und die Verdienstmöglichkeiten erzählen konnte.

Also hatte Arthur heute sturmfreie Bude, und obwohl Sonntag war, triezte er Benedikt und Elena von morgens bis abends ohne Unterlass. So mussten sie im

90

ganzen Haus den Fußboden schrubben, das zugefrorene Wasser im Trog mit einem Stein aufschlagen und die Eisbrocken herausholen. Anschließend sperrte er sie in den Schweinestall und warf ihnen eine Rübe als Mittagessen hin.

Am Nachmittag befahl er ihnen, den Kessel in der Waschküche mit Wasser zu befüllen und aufzuheizen, damit er baden konnte. Nachdem er sich dann in die Wanne gelegt hatte, verlangte er von Elena, dass sie ihm dem Rücken einseifte. Damit sie nicht ihre Kleidung nassmachte, sollte sie sich die Bluse und das Hemd ausziehen.

Als Elena das hörte, hielt sie inne. Natürlich wollte sie das nicht. Sie war ein Kind, ein Mädchen, und fand das beschämend.

Benedikt stand an der Tür zur Waschküche und beobachtete die bizarre Szenerie. Sein Herz klopfte heftig. Was, wenn sie Nein sagte?

»Ausziehen habe ich gesagt!«, brüllte Arthur. Seine Stimme bebte vor Zorn, und seine Augen sprühten Blitze.

Benedikt kam langsam näher.

»Lass bitte meine Schwester in Ruhe. Ich kann dir auch den Rücken waschen.«

Arthur schoss in der Wanne hoch und stand nun splitterfasernackt vor den beiden.

»Verschwinde, du Sau!«, keifte er, griff nach dem Eimer, der neben der Blechwanne stand, und warf ihn nach Benedikt. Dieser duckte sich schnell weg, weil der Eimer als Wurfgeschoss doch etwas langsam war.

Arthur war nun erst recht in Rage, nachdem er erkannt hatte, dass seine Aktion nicht gerade von Erfolg gekrönt war.

»Bring mir den Stock!«, befahl er.

Er deutete mit dem Finger neben den Kessel, der von seiner Mutter nicht nur für das Badewasser, sondern auch für die Kochwäsche benutzt wurde. Der Stock stand immer dort, weil sie damit während des Kochens die Wäsche in der Seifenlauge drehen und wenden musste.

Benedikt zögerte, er konnte sich nicht vorstellen, dass Arthur mit dem Stock etwas Gutes im Sinn hatte.

Während sich dieser wieder in das Badewasser gleiten ließ, war sein Blick auf Benedikt gerichtet.

»Wenn der Stock nicht in einer Minute hier an meiner Wanne steht, sperre in dich zu den Schweinen«, zischte er mit weit aufgerissenen, hervorstechenden Augen.

Benedikt schlich zum Kessel, nahm den Stock und stellte ihn wie befohlen neben die Badewanne.

Arthur griff im Liegen nach dem Prügel, und als er merkte, dass er so nicht gut agieren konnte, setzte er sich wieder auf.

»Ausziehen habe ich gesagt.«

Das galt nun wieder Elena.

Die stand bibbernd neben ihrem Bruder.

»Ausziehen! Oder willst du anstelle deines Bruders zu den Schweinen?«

Elena öffnete ganz langsam ihre Bluse, zog sie aus und nestelte dann an ihrem Leinenhemdchen. Das

92

Ganze dauerte etwas länger, weil ihre Finger derart zitterten, dass sie immer wieder an den kleinen Knöpfen abrutschten. Dann legte sie das Hemdchen ab. Nun stand sie mit nacktem Oberkörper da und verschränkte die Arme vor der Brust. Sie schämte sich unendlich.

»Wasch mir endlich den Rücken!«

Elena rührte sich nicht. Sie schaute nur zu Boden.

»Was ist?«

Sie bewegte sich immer noch nicht.

Arthur stand auf, den Stock hatte er ja noch in der Hand, und dann schlug er auf das Mädchen ein. Mal traf er den Kopf, mal den Oberkörper und dann wieder die Beine. Ein hässliches Lachen begleitete seine Schläge.

Benedikt konnte das nicht mehr mit ansehen. Er fühlte den Schmerz ebenso wie seine Schwester. Und genau jetzt wurde ihm klar, dass er handeln musste. Er würde die Verantwortung für sie beide auf seine Schultern nehmen.

Mit wenigen Schritten war er neben seiner Schwester, die sich auf dem Boden krümmte und gleichzeitig versuchte, mit den Händen ihren Kopf zu schützen. Er zog sie hoch und legte den Arm um sie. Im selben Moment spürte er einen stechenden Schmerz auf seinem Rücken. Arthur hatte jetzt ihn ins Visier genommen.

Schnell zog er Elena hinter sich her, rannte über den Hof ins Haus und sperrte sich mit ihr in ihrer Kammer ein.

Benedikt und Elena verlassen die Heimat

Elena saß wie ein Häufchen Elend auf ihrem Bett und weinte leise vor sich hin, während Benedikt ihre zerschundene Haut mit einem nassen Tuch kühlte, damit die Blutergüsse nicht allzu stark hervortraten.

»Elena, schau mich an«, flüsterte er.

Sie hob langsam den Kopf.

»Wir packen jetzt beide ein Tuch mit etwas Wäsche und später ein paar Lebensmittel, die ich aus der Kammer stehle.«

Das Mädchen hing völlig entkräftet auf der Bettkante.

»Hast du mich gehört?«, fragte er sie und hob ganz sacht ihr Kinn an, damit er ihr in die Augen sehen konnte.

»Ja, ich habe dich gehört. Und wohin gehen wir?«

»Ins Schwabenland. Wir schließen uns den Schwabenkindern an, die den Sommer über bei den Bauern arbeiten. Ich habe gelauscht. Die Kinder sammeln sich immer am Fuße des Berges, und dann führt ein Mann sie über die Alpen bis ins Schwabenland. Wir werden im Wald warten und dann mitgehen.«

Sie nickte teilnahmslos.

»Was nehmen wir denn alles mit?«

»Nur ein bisschen Wäsche, Strümpfe, Mütze, Schal,

94

Handschuhe und Lebensmittel. Ach ja, und unsere Strickjacken, auch die von Mama und Papa. Es wird kalt sein und viel Schnee liegen. Die Jacken wärmen uns.«

»Und was machen wir mit unseren Weihnachtskugeln? Du hast doch gesagt, dass sie unsere Glückskugeln sind. Wenn wir so lange durch den Schnee und die Kälte gehen müssen, dann brauchen wir unsere Glückskugeln.«

Elena schaute ihn mit großen, ängstlichen Augen an.

Benedikt fasste sich ans Kinn und überlegte. »Aber...«

»Nichts aber, Benedikt. Du hast gesagt, dass es uns wieder gut geht, wenn wir sie aufhängen, und dass uns dann unsere Eltern ganz nah sind.«

Benedikt nickte und legte ihr wieder einmal den Arm um die Schultern.

»Ja, das habe ich gesagt, und das meine ich auch immer noch. Aber wir müssen jetzt klug sein. Wir dürfen nicht mehr mitnehmen, als wir tragen können, und nichts, was kaputtgehen könnte, wenn wir mal hinfallen. Ich verstecke die Kugeln auf Onkel Heinrichs Speicher. Und wenn wir alles geschafft haben, dann kommen wir zurück und holen unsere Kugeln.«

»Gut, du hast ja recht. Aber du musst mir schwören, dass wir unser Versprechen einlösen.«

»Ich verspreche es hoch und heilig.«

Benedikt hatte bei seinem Schwur kein gutes Gefühl. Er wusste, dass es ziemlich unwahrscheinlich sein würde, je wieder zurückzukommen. Es war eher so, dass er beten musste, dass sie das, was jetzt kommen würde, gemeinsam überlebten.

In dieser Nacht packten sie ihre wenigen Sachen, stibitzten Wurst, Käse und Brot aus der Speisekammer und füllten sich zwei Wasserflaschen.

Benedikt versteckte die Holzkiste mit den Weihnachtskugeln auf dem Speicher, ganz unten in einer alten Wäschekiste. Zuletzt strich er noch einmal über das Holz und den Riegel.

»Hoffentlich kann ich euch noch einmal unversehrt in den Händen halten«, flüsterte er und schloss die Kiste.

Kurz nach Mitternacht schlichen sie aus dem Haus und machten sich auf den Weg in den Wald, um an der Gabelung auf die Schwabenkinder zu warten. Und so schlossen sie sich der Karawane an und wagten den schweren Weg über die Alpen.

Heinrich und seine Familie vermissten die beiden Kinder nicht sonderlich. Außer vielleicht, wenn es darum ging, die Arbeit loszuwerden oder sich bedienen zu lassen. Aber sie wunderten sich schon.

Die Einzige, die sich insgeheim ein paar Sorgen machte, gar so etwas wie ein winziges schlechtes Gewissen hatte, war Franziska. Es wäre sicher unangenehm, wenn den beiden Waisen da draußen etwas zustoßen würde. Immerhin waren sie noch minderjährig, und Heinrich war damals zu ihrem Vormund bestimmt worden.

»Morgen fahre ich auf den Berg«, erklärte Heinrich beim Mittagessen.

»Wir müssen den Hof verkaufen, jetzt wo die Erben verschwunden sind.«

Er unterstrich seine Aussage mit einem bösen Lachen und einem Schenkelklopfer.

»Das darfst du nicht, Heinrich.«

Franziska schüttelte den Kopf.

»Der Pfarrer und der Bürgermeister haben gesagt, dass der Hof den Kindern gehört.«

»Die haben mir gar nichts zu sagen. Halt die Klappe und misch dich nicht in meine Angelegenheiten.«

Heinrich ruderte hektisch mit dem Armen, erhob sich und stand mit zwei Schritten neben seiner Frau. Er hob den Zeigefinger und zeigte in die Runde.

»Alle das Maul halten, sonst setzt es eine Tracht Prügel. Habt ihr mich verstanden?«

Franziska und die Kinder nickten und senkten den Kopf.

Am frühen Morgen des nächsten Tages spannte Heinrich die beiden Pferde vor den Wagen. Es war lausig kalt, eben immer noch strenger Winter, und der Himmel war wolkenverhangen. Er überlegte kurz, ob er nicht lieber im Dorf bleiben sollte. Sein letzter Besuch auf dem Berg steckte ihm immer noch etwas in den Knochen, und deshalb waren unklare Wetterverhältnisse nicht mehr ganz das, was er liebte. Immerhin hätte ihn der Sturm damals das Leben kosten können.

Andererseits war zwar der Himmel verhangen, aber

es ging gar kein Wind, und geschneit hatte es seit einiger Zeit auch nicht mehr. Doch es lag halt noch sehr viel Schnee. Vorsicht musste er in jedem Fall auf dem Weg nach oben walten lassen. Der Schnee dürfte auf dem Schotter gefroren sein, und deshalb konnte er schon ins Rutschen geraten. Er würde ein paar Eimer Asche, zwei Schaufeln und einen Pickel mitnehmen, dann könnte er gut streuen oder, wenn es sein müsste, auch den Weg frei hacken.

Als er zur Abfahrt fertig war, kam ihm die glorreiche Idee, dass er Arthur mitnehmen könnte. Erstens hätte er dann eine helfende Hand, und zweitens könnte er dem Jungen beibringen, wie man geschickt verhandelt, denn eines Tages musste er ja in seine Fußstapfen treten. Warum also nicht etwas lernen, wenn die Gelegenheit da war?

Er betrat das Zimmer seines Sohnes, der noch im Bett lag.

»Arthur, aufwachen!«, brüllte er und schüttelte ihn an der Schulter.

Dieser erschrak und raste aus dem Schlaf hoch.

»Los, zieh dich warm an, du kommst mit auf den Berg.«

»Oh ne, was soll ich denn da?«

»Du kannst lernen, wie man einen Hof verkauft.«

»Mir ist es aber da oben viel zu kalt.«

Arthur stöhnte und ließ sich wieder in seine Kissen fallen.

»Raus!«, brüllte Heinrich, und seine kräftige Stimme hallte durch das ganze Haus. Breitbeinig, die Hände in die Hüften gestemmt verharrte er vor dem Bett und wartete, bis sein Sohn endlich die Kurve bekam.

Franziska, die bereits in der Küche werkelte, und Katharina, die sich gerade anzog, waren über die laute Stimme des Vaters so erschrocken, dass sie beide angerannt kamen, weil sie dachten, dass etwas passiert sein musste.

Und weil nun die ganze Familie im Zimmer stand, gab Arthur schließlich seinen kleinen Widerstand auf, erhob sich und machte sich für die Fahrt auf den Berg fertig.

Kurz danach konnte es losgehen.

Auf halber Höhe steckten sie plötzlich mit dem Rad in einem Loch, in das sie eingebrochen waren.

»Hol die Schaufeln vom Wagen runter«, befahl Heinrich seinem Sohn.

»Wir müssen sehen, wie wir den Wagen rausbekommen. Ich konnte das Loch nicht sehen, weil es mit Schnee bedeckt war.«

Arthur schüttelte den Kopf.

»Das war ja zu erwarten, dass so etwas passiert. Wir haben immer noch Winter. Mit deinen Schaufeln kannst du da nichts machen.«

»Sei still und spar dir deine Besserwisserei. Ich muss da hoch, der hat nur heute Zeit und kommt von der anderen Seite des Berges.«

»Na, das ist ja keine Kunst. Die andere Seite ist viel kürzer und flacher.«

Arthur lachte.

»Was ist? Soll ich dir eine überbraten, oder holst du

jetzt die Schaufeln?«

»Ist ja schon gut.«

Schnell holte Arthur die Werkzeuge und legte sie auf den Boden. Dann ließ er seinen Vater stehen und suchte mittelgroße Steine. Er wollte versuchen, das Loch mit Steinen aufzufüllen, um das Rad langsam anzuheben.

»Wäre es nicht besser gewesen, den Schlitten zu nehmen?«, fragte er, während er die Steine hineinwarf.

»Willst du stundenlang zu Fuß hochlaufen und den Schlitten hinter dir herziehen? Wir müssen erst einmal rauf, ehe wir wieder runterfahren.«

»Ja, ja, ich hab ja schon verstanden.«

Mehr als zwei Stunden arbeiteten sie das Wagenrad Stückchen für Stückchen aus dem Loch, bis sie schließlich wieder aufsitzen und weiterfahren konnten. Der Rest der Fahrt war dann eine einzige Rutschpartie, und nicht selten glitten sie an den Rand des Abgrunds.

Als sie dann aber doch mit viel Mühe oben angekommen waren, stand der Bauer bereits an seinen Schlitten gelehnt auf dem Hof.

»Ah, auch schon da?«, fragte er, während er an seiner Pfeife zog.

»Ja, alles nicht so einfach im Schnee.«

Heinrich ärgerte sich. Was wollte dieser überhebliche Mensch eigentlich?

»Na ja, wenn man im Winter das Fuhrwerk anstatt eines Schlittens nimmt, muss man sich nicht wundern.« Der Bauer grinste über das ganze Gesicht.

»Sei still, du Arschloch!« Heinrichs Jähzorn schien sich nun Bahn zu brechen, und Arthur sah es ihm an. Das fehlte jetzt noch, dass er sich umsonst auf den Berg gequält hatte.

Deshalb trat er vor seinen Vater und sprach den Bauer direkt an.

»Das ist jetzt nicht so wichtig. Soll ich dir den Hof zeigen?«

»Ja, meinetwegen. Aber das meiste habe ich mir schon angeschaut, und das sieht doch ziemlich heruntergekommen aus.«

Heinrich machte drei Schritte nach vorne und plusterte sich auf wie ein Pfau.

»Woran liegt es eigentlich, dass jeder, der hier hochkommt, plötzlich Dinge sieht, die gar nicht vorhanden sind? Es ist schon eine ganze Weile vergangen, seit mein Bruder ums Leben kam, und der Hof sieht immer noch aus wie ein kleines Schmuckkästchen. Als würde jeden Tag einer aufpassen, dass die Farbe nicht abgeht.«

Er zeigte dem Bauer einen Vogel.

»Nur die Interessenten, die den Preis drücken wollen, die haben Sand in den Augen und im Gehirn!«

Jetzt hatte er sich in Rage geredet. Arthur zupfte ihn am Ärmel, aber Heinrich spürte es nicht mehr.

»Du kannst jetzt einschlagen und kaufen – oder verschwinden!«

Heinrichs Schicksal

Als er das letzte Wort ausgesprochen hatte, waren die dunklen Wolken am Himmel auf einmal rabenschwarz geworden. Man sah fast die Hand nicht mehr vor den Augen. Innerhalb von Sekunden rauschte eine Bö heran, die alle drei Männer einige Meter hinwegpustete und gegen die Wand des Schuppens drückte.

»Der Weltuntergang!«, rief Arthur.

»Du Spinner!«, schrie der Bauer gegen den Wind, schwang sich auf seinen Schlitten, stieß sich mit den Beinen ab und fuhr in Richtung Tal.

Heinrich stand da, vor lauter Angst war sein Gesicht von fahler Blässe überzogen. Ganz zaghaft hob er den Blick und schaute zum Haus. Und wie schon einmal standen da sein Bruder und dessen Frau vor der Tür. Er war zuerst wie gelähmt, doch dann hob er die Hand und deutete zum Haus.

»Da stehen sie, der Johann und die Sarah.«

»Papa, was ist los?«

»Da schau, an der Haustür, da stehen der Johann und die Sarah.«

»Wo? Da steht niemand.«

Arthur zog ihn am Ärmel.

»Hast du was, bist du krank?«

Heinrich schüttelte sich und blickte seinem Sohn in

die Augen.

»Ich bin nicht krank. Der ist mir schon einmal erschienen, als ich den Hof verkaufen wollte.«

»Davon weiß ich ja gar nichts.«

Arthur zuckte hilflos mit den Schultern.

»Ich habe damals niemandem davon erzählt. Du musst zugeben, dass es nicht mit rechten Dingen zugeht. Die beiden stehen jedes Mal da, wenn ich verkaufen will, und der Sturm ist auch immer nur für kurze Zeit da und vertreibt die Käufer.«

»Das ist Zufall, und das bildest du dir nur ein, weil du weißt, dass es nicht richtig ist zu verkaufen.«

Heinrich schüttelte den Kopf.

»Aber du hast vorhin selbst gesagt, dass es der Weltuntergang ist. Denk, was du willst, aber sag niemandem, was du gesehen hast. Und noch etwas: Wir müssen bei der Abfahrt gut aufpassen. Letztes Mal bin ich beinahe abgestürzt, übrigens an der gleichen Stelle wie Johann damals.«

Arthur stand mit offenem Mund da. Das wurde ja immer unheimlicher, dachte er, als er die Geschehnisse in Gedanken schnell aneinanderreihte. Er musste sich aber eingestehen, dass er schon auch ein bisschen von den mystischen Erlebnissen seines Vaters beeinflusst wurde.

»Ich möchte sofort runterfahren«, sagte er zu Heinrich und setzte sich auf den Bock. Er wollte nur noch weg von hier.

Die Fahrt nach unten war noch viel schlimmer als

die nach oben. Sie konnten das Gespann kaum halten, und die Pferde rutschten ununterbrochen aus. Mittlerweile waren mehr als drei Stunden vergangen. Arthur und Heinrich schwitzten, als ob der Hochsommer Einzug gehalten hätte. Dann wurde es wieder dunkel am Himmel, es begann zu schneien, und der Sturm tobte erneut.

»Komm, aufsitzen, Papa«, schrie Arthur gegen den Wind.

»Jetzt wo neuer Schnee fällt, rutschen wir nicht mehr so leicht weg. Wir müssen so schnell wie möglich das letzte Stück hinunter.«

Heinrich nickte nur. Er hatte keine Kraft mehr.

Kaum waren sie ein paar Meter gefahren, schoss ein Reh aus dem Wald, überquerte unmittelbar vor den Pferden den Weg und rannte neben der Lichtung wieder ins Dickicht.

Die Pferde hatten sich dermaßen erschrocken, dass sie scheuten, lostoben und unkontrolliert in die Lichtung hineinrannten. Das Fuhrwerk geriet ins Schlingern, Heinrich krallte sich am Bock fest, und beide versuchten, die Zügel zu straffen, obwohl das alles schon nichts mehr half. Sie blieben mit ihren Jacken in den Schlaufen der Zügel hängen und stürzten mitsamt dem Leiterwagen und den Pferden den Abgrund hinunter. Dabei schleuderten sie gegen Bäume und Sträucher, gegen Steine und Baumstümpfe. Sie überschlugen sich mehrmals und kamen auf der gleichen Wiese zum Stehen wie einst Johann, seine Sarah und die kleine Anna.

Bauer Seppl saß gerade am Küchentisch, als es

104

plötzlich krachte und schepperte.

Zusammen mit seiner Frau rannte er hinaus auf die Wiese, wo sich ihnen ein erschreckendes Bild bot. Ein zersplitterter Wagen mit nur noch einem Rad lag auf der Seite. Heinrich und Arthur waren mit den Armen in den Lederschlaufen der Zügel festgezurrt und hingen seitlich an den Überresten des Bocks, blutüberströmt und mit weit aufgerissenen Augen. Beide hatten das Unglück nicht überlebt.

Zusammen mit anderen Bauern suchten sie den Wald nach den Pferden ab und fanden sie nach einer Stunde in einem Abhang zwischen den Bäumen liegend. Auch sie waren tot.

Der Bürgermeister überbrachte Franziska und Katharina die traurige Nachricht. Franziska brach zusammen und war kurze Zeit bewusstlos, als sie hörte, was passiert war. Katharina schrie auf und weinte um ihren Vater und Bruder.

Die nächsten Stunden und Tage verliefen wie in Trance. Franziska versorgte ihr Vieh und das Haus. Ansonsten schwieg sie wie ein Grab. Katharina vergrub sich in ihrem Zimmer.

»Wie kann das sein«, fragte Franziska eine Woche später im Gasthof beim Leichenschmaus, »dass sie an der gleichen Stelle zu Tode gekommen sind wie einst Heinrichs Bruder?«

Der Pfarrer, der neben ihr stand, zuckte mit den Schultern.

»Die Wege des Herrn sind unergründlich.« Ein Zitat aus der Bibel war immer gut und richtig, dachte er.

»Ja, und was hat er sich dabei gedacht, der Herr, wie es mit uns Frauen weitergehen soll? Wir zwei können doch keinen Hof führen«, schluchzte sie.

»Das sind weltliche Probleme, das weiß ich auch nicht. Rede am besten mal mit anderen Bauern oder mit dem Bürgermeister.«

»Was soll Franziska mit mir bereden?«, fragte dieser, als er den Rat des Pfarrers hörte.

»Ich weiß nicht, wie ich es schaffen soll ohne Heinrich, ob ich alleine den Hof bewirtschaften kann«, erklärte ihm Franziska.

»Du musst jetzt erst einmal ein paar Tage verstreichen lassen. Und dann überlegst du ganz in Ruhe, wie es weitergehen kann. Wenn du eine Frage hast, dann komm einfach vorbei.«

Franziska und ihr Hof

Franziska saß am Küchentisch und hatte eine Blechdose vor sich stehen, die angefüllt war mit Rechnungen, Zetteln und Notizen, und sie schob sie gleich wieder beiseite. In einer Ledermappe lagen fein säuberlich sortiert verschiedene Schriftstücke. Noch nie hatte sie sich um solche Dinge kümmern müssen, und jetzt war der Frühling da, sie musste bald Futter und Saatgut kaufen. Heinrich hatte immer im Frühjahr eingekauft. Dabei wusste sie gar nicht, was sie überhaupt wo anbauen sollte. Außer in ihrem Garten natürlich, da kannte sie sich gut aus. Und dann gab es noch eine weitere Dose, in der Heinrich das Geld aufbewahrt hatte.

Die Tür öffnete sich, und Katharina stürmte herein. »Mama, du sitzt ja im Dunkeln. Was machst du denn die ganze Zeit hier?«

»Ich habe mir die Unterlagen angesehen. Ich muss doch verstehen, wie Papa den Hof geführt hat.«

»Und, weißt du es jetzt?«

Franziska stöhnte und schloss für einen Moment die Augen.

»Ich… ich kann das nicht so schnell lernen.«

»Aber alle Bauern sind jetzt auf den Feldern. Und was machen wir? Melken wir nur unsere Kühe?«

Katharina knipste das Licht an.

»Wir bringen erst mal die Kühe auf die Wiese und liefern weiterhin unsere Milch ab. Das kann ich gut. Ach, und meinen Garten, den kann ich auch vorbereiten und das Gemüse aussäen.«

»Also gut. Dann habe ich jetzt Hunger. Machst du uns was?«

»Es ist Zeit, mein Kind, das du auch mit anpackst. Und deshalb ist es nicht zu viel verlangt, wenn du das Abendbrot für uns beide vorbereitest. Ich muss noch in den Stall.«

Katharina stampfte mit dem Fuß auf und verdrehte die Augen. Na, das konnte ja heiter werden. Aber dann fügte sie sich doch, deckte den Tisch und stellte etwas Speck, Käse und Brot darauf.

Franziska war mit dem Melken der Kühe beschäftigt, was ihr nebenbei reichlich Zeit ließ, um über ihre Situation und die Zukunft nachzudenken. Niemand hatte je erfahren, dass sie nicht lesen und schreiben konnte. Woher auch? Heinrich hatte es gewusst und es immer ausgenutzt. So konnte er die ganze Zeit ihrer Ehe sicher sein, dass sie nicht kontrollierte, was er kaufte oder verkaufte. Sie wusste auch nie, ob viel oder wenig Geld im Haus war, und sie konnte ihm nie ins Handwerk pfuschen.

Und nun? Wie sollte sie herausfinden, welche Verträge er abgeschlossen hatte? Welche Äcker gehörten ihnen? Wie viel musste sie für den Strom bezahlen – und wo? Natürlich könnte sie Katharina bitten, für sie zu lesen. Aber sich vor der Tochter blamieren? Nein, dann nutzte die das auch noch aus, wie ihr Vater. Und selbst wenn, sie war ja viel zu jung, sie würden beide zusammen auch nicht richtig verstehen, was da in diesem Amtsdeutsch drinstand.

Was blieb ihr noch? Den Bürgermeister, den Pfarrer fragen? Ja, das ginge auch. Aber sie wusste, es würde wie ein Lauffeuer durchs Dorf gehen, dass sie nicht lesen und schreiben konnte. Hinzu kam, dass Heinrich nicht gerade der zuverlässigste Bauer gewesen war. Wer weiß, was in seiner Mappe drinlag, das besser nicht nach außen gelangen durfte.

Wie sie es auch drehte und wendete, sie wusste nicht, was sie tun musste, um den Hof gut führen zu können.

Die letzte Kuh war fertig und die Milch in den Kannen, die sie nun auf den Holzsteg am Tor stellen würde. Sie wurden gleich abgeholt.

Am besten sie arbeitete zunächst weiter wie bisher, überlegte sie, während sie zum Abschluss des Arbeitstages den Stall ausmistete. Das meiste hatte ohnehin sie immer auf ihrem Arbeitszettel gehabt. Und wegen der Aussaat, da würde sie vielleicht den Nachbarn fragen, aber nur vielleicht.

Zufrieden setzte sie sich mit ihrer Tochter an den Abendbrottisch und hoffte, dass ihr die Zeit half, mit allen Problemen nach und nach fertigzuwerden.

»Mama, der Bürgermeister möchte dich sprechen«, rief Katharina ein paar Tage später in den Garten, wo

Franziska gerade dabei war, die Beete mit Setzlingen zu bepflanzen.

»Ja, ich komme«, rief sie und wischte sich an ihrer Schürze die Erde von den Händen.

Der Bürgermeister reichte ihr zur Begrüßung die Hand.

»Franziska, ich muss mit dir reden.«

»Ich bin ja schon hier. Was gibt es denn so Wichtiges?«

»Du musst die Pacht für die Äcker bezahlen, sonst muss ich dir die wegnehmen. Und dann verstehe ich nicht, warum du keine Aussaat für das Heu gemacht hast. Und wieso hast du noch keine Kartoffeln gesteckt?«

»Dass du mir das mit der Pacht sagst, das verstehe ich. Wie viel bekommst du von mir? Und wie oft im Jahr muss ich bezahlen?«, keifte sie und stemmte die Hände in die Hüften.

»Reg dich nicht auf, ich meine es ja nur gut mit dir. Komm morgen ins Rathaus, dann rechnen wir die Pacht ab.«

»Gut, ich komme. Aber wann ich was anbaue, das ist meine Sache.«

Der Bürgermeister zuckte mit den Schultern.

»Wenn du meinst, dann hast du halt kein Heu oder besser gesagt kein Futter für deine Kühe. Und wenn du im Winter keine Kartoffeln im Keller hast, soll es mir auch recht sein. Also mach's gut.«

Er schüttelte den Kopf und ging.

Katharina kam aus ihrem Versteck hervor. Sie hatte

gelauscht, und was der Bürgermeister gesagt hatte, beunruhigte sie. Sie zupfte ihre Mutter am Ärmel.

»Mama, was hat er gemeint? Wieso haben wir kein Futter für unsere Kühe und im Winter keine Kartoffeln?«

»Ach, der macht sich nur wichtig. Natürlich werden wir Kartoffeln haben. Ich hole morgen die Pflanzkartoffeln, und dann stecke ich sie in den Acker hinter dem Haus. Und die Wiese unten am Bach, die nehmen wir für die Aussaat von Wiesengras für das Heu.«

Franziska atmete auf, als sie sah, dass Katharina mit ihrer Antwort zufrieden war. Sie selbst aber war es nicht. Ihr war der Schreck in die Glieder gefahren, als der Bürgermeister ihre Fehler aufgezählt hatte.

Das mit der Pacht würde sie morgen erledigen, ja. Aber wie viel kostete eigentlich die Pacht? Sie hatte nicht viel Geld. Das Milchgeld kam immer etwas später, und das, was noch von Heinrich in der Dose lag, war schon ganz schön weniger geworden. Für die Gartenpflanzen hatte sie vor einigen Tagen ziemlich viel Geld ausgegeben und sich sehr gefreut, dieses Mal alleine aussuchen zu können. Heinrich hatte ihr ein halbes Leben lang gesagt, was sie im Garten anbauen durfte. Und er bestand darauf, dass sie selbst aussäte und die Setzlinge auf der Fensterbank zog, weil das billiger war. Dabei fand sie es jetzt richtig schön, einfach so kräftige Pflanzen kaufen zu können.

Franziska setzte sich auf die Bank im Hof, weil sie doch wackelige Knie bekam, als sie merkte, welch fata-

111

len Fehler sie gemacht hatte. Wie konnte man sich so sehr in seinen Garten verkriechen und die Kartoffeln und das Heu vergessen? Sie schüttelte den Kopf. Sie hatte nur die Arbeiten gemacht, die sie gut konnte. Ihr Gewissen meldete sich und machte ihr klar, dass sie auch gut Kartoffeln stecken konnte.

Ja klar, das schon, das musste sie zugeben. Aber die Steckkartoffeln hatte immer Heinrich besorgt und auch bestimmt, wann diese in die Erde kamen. Und dann hatte sie auch heuer nicht rechtzeitig den Pflug angespannt, was jetzt zu ihren Aufgaben gehörte.

Als ihr das alles durch den Kopf gegangen war, stand sie mutlos auf und beendete die Gartenarbeit.

Am nächsten Tag nahm sie ihr ganzes Geld und marschierte ins Rathaus. Der Bürgermeister hatte schon die Rechnung auf seinem mächtigen Schreibtisch liegen.

Franziska legte ihm wortlos ihr Geld hin.

»Nimm dir, was ich schuldig bin.«

Er schaute sie lange an.

»Franziska, was ist los mit dir?«

»Nichts! Es ist halt alles ein bisschen viel, wenn kein Mann im Haus ist.«

»Das verstehe ich. Aber du darfst nicht die wichtigsten Arbeiten vergessen. Dein Vieh muss Futter bekommen.«

»Ich weiß, ich habe das verpasst, weil das immer der Heinrich gemacht hat. Ich kümmere mich heute gleich darum und hoffe, dass alles noch wächst.«

»Na, dann wünsche ich dir viel Glück, dass es noch

gelingt, und ich biete dir nochmals Hilfe an. Frag mich oder die Bauern, wenn du dir nicht sicher bist.«

Franziska nickte nur und verließ wortlos das Rathaus. Was sollte sie fragen, wenn sie verheimlichen musste, dass sie nicht lesen konnte, wenn sie außerdem niemanden hatte, der ihr die schweren Arbeiten abnahm? Das half doch alles nichts. Es fehlte einfach ein Mann oder wenigstens der Arthur, wenn man wie sie in einem Bergdorf lebte. Aber so war das aussichtslos, außerdem war ihre Tochter eine verwöhnte Göre, so viel stand jetzt auch für sie fest.

Mit ihrem kleinen Leiterwagen, den sie hinter sich herzog, hastete sie anschließend zur Genossenschaft, kaufte mit dem fast letzten Geld die Steckkartoffeln und die Heuwiesenaussaat.

Mit einem mitleidsvollen Blick gab ihr der Bauer das Gewünschte und rechnete mit ihr ab.

»Was schaust du denn so blöd?«, maulte sie ihn an.

»Ich habe gerade überlegt, ob das nicht rausgeworfenes Geld ist. Du bist mindestens vier Wochen zu spät dran.«

Wütend warf sie ihren Einkauf auf den Wagen und drehte sich ihm zu.

»Kümmere dich um deinen eigenen Kram.«

Dann zog sie von dannen.

Am Nachmittag spannte sie die Pferde vor den Pflug und pflügte den Acker für das Heu. Als sie die letzte Furche gezogen hatte, setzte sie sich völlig erschöpft und schweißgebadet auf einen Randstein. Vor lauter Schmerzen im Rücken liefen ihr die Tränen über die Wangen, dabei musste sie jetzt noch die Egge anhängen, um den Boden zu ebnen und zu lockern und das Saatgut einzubringen.

Sie selbst hatte das noch nie gemacht, weil sie sich nicht darum kümmern musste. Das mit dem Heu, das war Heinrichs Arbeit gewesen. Mit einem Stöhnen zog sie sich hoch und versuchte, der Aufgabe gerecht zu werden. Abends betete sie und bat um eine gute Ernte.

Am nächsten Tag bearbeitete sie den Kartoffelacker.

»Du hilfst mir heute Kartoffeln stecken«, befahl sie Katharina, die sich gerade für die Schule fertig machte. »Und von der Schule melde ich dich auch ab. Ich habe kein Geld mehr, deshalb musst du auch wie andere Kinder arbeiten gehen.«

»Ne, das mache ich auf gar keinen Fall. Das wäre ja so wie bei den beiden Waisen, die mal bei uns gewohnt haben.«

»Ja, nur dass du wenigstens noch deine Mutter hast, während die niemanden mehr hatten.«

»Pah, die hatten ja uns, aber das war ihnen wohl nicht genug.«

»Meine liebe Katharina, wir haben sie damals wirklich nicht gut aufgenommen. Du übrigens auch nicht. Was glaubst du, wie es dir erginge, wenn man dich so behandeln würde? Ich bereue das inzwischen.«

»Ich aber nicht. Ich muss jetzt los.«

Die Ernte im Sommer war natürlich eine mickrige

114

Angelegenheit. So wurde das Futter immer knapper, und die beiden Frauen ernährten sich mit allem, was der Garten hergab – außer mit Kartoffeln, die waren klein und schrumpelig und dienten eher als Futter denn als Nahrung für Menschen.

Der Winter war äußerst hart und brachte Franziska an ihre Grenzen. Bis zu fünfundzwanzig Grad minus wie dieses Jahr gab es sonst selbst in den Bergen nicht.

Die Menschen und das Vieh litten viele Wochen, weil es kaum gelang, die Ställe zu schützen und die Häuser so zu heizen, dass man es aushalten konnte. Überall zog es rein, die Fenster waren voller Eisblumen, und das Brennholz wurde immer weniger, weil die doppelte Menge gebraucht wurde.

Die schlimmsten Auswirkungen waren bei Franziska im darauffolgenden Frühjahr zu spüren. Gleich drei Kühe wurden wegen Krankheiten vom Abdecker abgeholt.

Die zwei Pferde waren nur noch Klappergäule und mussten über kurz oder lang auch eingeschläfert werden. Das bisschen Geld, das noch von der wenigen Milch hereinkam, reichte nicht, um die Frühjahrsbestellung der Äcker in Angriff nehmen zu können.

Franziska saß in der Stube und wusste sich keinen Rat mehr. Ihr Kopf und Geist waren so müde und erschöpft, dass sie sich am liebsten ins Bett gelegt hätte.

***

Nur wenige Tage später gab es mit der mittlerweile vierzehnjährigen Katharina eine große Auseinandersetzung, die innerhalb der Familie eine Katastrophe auslöste.

»Mama, du ruinierst uns. Das ganze Dorf redet schon über dich, und meine Freunde lachen mich alle aus«, stellte sie unverblümt fest.

»Ach, und du glaubst das natürlich?«

»Ich habe ja Augen im Kopf und sehe auch, dass es uns immer schlechter geht, dass der Hof langsam verlottert, die Tiere verrecken und wir nichts Gescheites mehr auf dem Teller haben.«

Aus Katharinas Augen schossen Blitze. Ihr ganzer Körper zitterte, so sehr litt sie unter den Anfeindungen der anderen Kinder im Dorf, die sie bisher eigentlich immer hofiert hatten.

»Na, dann hilf mir doch, wenn du es besser kannst. Aber du, du lungerst ja nur rum!«

Franziska kamen die Tränen, weil ihre Tochter sie so offen angegriffen hatte.

»Dir kann keiner mehr helfen. Du bist so vernagelt. Anstatt dich einzulesen und andere um Hilfe zu bitten, reißt du alles ein, was mein Vater im Angesicht seines Schweißes aufgebaut hat.«

Franziska glaubte, nicht richtig zu hören. Mit einem Schritt stand sie neben ihrer Tochter und schlug ihr mit der flachen Hand ins Gesicht.

116

»Das ist ja nicht zu fassen! Meine eigene Tochter erlaubt sich… erlaubt…«

Sie fasste sich an die Brust und dann an den Hals. In ihren Augen stand Panik. Mühevoll versuchte sie, sich am Tisch festzuhalten, aber sie torkelte nur und schnappte nach Luft. Dann verdrehte sie die Augen und fiel zu Boden.

Katharina stand da wie eine Statue und sah regungslos zu, wie ihre Mutter zu Boden ging. Sekundenlang war sie unfähig, irgendwie zu reagieren. Dann löste sich die Starre endlich, und sie kniete sich neben ihre Mutter.

»Mama, Mama, was hast du denn? Mama, sag doch was!«

Vorsichtig griff sie nach ihrer Hand, ließ sie aber wieder los und drehte ihren Kopf, der auf der Seite lag, zu sich. Die weit aufgerissenen Augen ihrer Mutter blickten starr, und obwohl Katharina erst vierzehn Jahre alt war, erkannte sie, dass ihre Mutter tot war.

»Mama«, schluchzte sie.

»Ich habe das nicht so gemeint. Wach bitte wieder auf.«

Sie kniete neben ihrer Mutter und sackte von einem Weinkrampf geschüttelt zusammen.

Es war schon duster, als sich Katharina erhob und sich ganz langsam zum Pfarrer schleppte.

»Herr Pfarrer, meine Mutter ist tot«, flüsterte sie unter Tränen.

»Was sagst du da? Wie ist denn das passiert?«, fragte

er ungläubig.

»Hast du nach dem Doktor geschickt?«

Katharina schüttelte den Kopf.

»Da braucht es keinen Doktor, das sieht man auch so, dass er nicht mehr helfen kann. Der ist ja unten in der Stadt. Viel zu weit weg, wenn man keine Luft mehr bekommt. Und Geld hätte ich auch nicht gehabt.«

Schnell wischte sie sich mit dem Ärmel die Tränen aus den Augen. Sie wollte nicht als kleines Kind dastehen.

»Ist ja schon gut. Komm, wir müssen zum Bürgermeister. Einen Totenschein braucht es trotzdem.«

Am Abend, nachdem ihre Mutter im Schlafzimmer aufgebahrt worden war, durchsuchte Katharina in der Stube alle Schubladen und Schränke. Sie wollte wichtige Dinge in Sicherheit bringen, weil sie nicht einschätzen konnte, wo sie künftig wohnen würde.

Katharina fand auch die Dosen und die Mappe mit den Akten. Da sie nicht wusste, was davon wichtig war, packte sie die ganze Mappe ein. Die Dose mit den alten Rechnungen ließ sie jedoch zurück, die schien ihr nicht von Bedeutung. Und das wenige Geld aus der anderen Dose, das versteckte sie zusammen mit der Mappe in ihrem Schrank.

Nachdem Franziska zu Grabe getragen war, kam der Bürgermeister mit dem Pfarrer und mehreren Bauern. Innerhalb weniger Stunden wurde alles verkauft, was zum Hof gehörte. Tiere, Maschinen, Werkzeuge,

Milchkannen und das Fuhrwerk. Das eingenommene Geld wurde von der Gemeinde verwaltet, der Bürgermeister bezahlte davon die Beerdigung und die Grabpflege.

Den Hof sicherte sich die Gemeinde selbst. Der Bürgermeister entschied, dass das Haus als Notquartier genutzt werden sollte, weil die Lage mitten im Dorf dafür gut geeignet war.

Katharina und ihre Pflegeeltern

Noch ehe die letzten Käufer den Hof verließen, fuhr eine Pferdekutsche vor, und ein Ehepaar stieg aus.

»Katharina, hast du deine Sachen gepackt, so wie ich dir das gesagt habe?«, fragte der Bürgermeister.

Sie nickte nur, griff nach ihrem Koffer und blickte misstrauisch zu den fremden Menschen.

»Gut, dann komm.«

Der Bürgermeister zog sie am Arm hinter sich her bis zu der Kutsche.

»Grüß dich, Adam«, sagte er freundlich und gab dem Mann die Hand. Dann drehte er den Kopf und nickte der Frau zu, die ihn begleitete.

»Klara! Schön, dass ihr da seid. Katharina, das ist Bauer Leitner mit seiner Frau. Sie sind für dich als Vormund bestimmt und haben ihren Hof auf der anderen Seite des Berges.«

Das Mädchen rührte sich nicht, beäugte die beiden nur. Sie kamen ihr überhaupt nicht freundlich und nett vor, eher kühl und hintertrieben.

»Bist du fertig?«, fragte die Frau mit eiskalter Stimme. Katharina nickte stumm.

»Hier ist noch das Pflegegeld für ein halbes Jahr«, sagte der Bürgermeister und steckte Adam Leitner einen Umschlag zu.

Der Leitner-Hof lag auf der Rückseite des Berges ziemlich weit unten in der Nähe der Stadt. Es war ein sehr großes Anwesen mit einem beeindruckenden Haupthaus am Ende der Auffahrt. Es verfügte über zwei Stockwerke und weitere Zimmer unter dem Dach. Ställe und Nebengebäude waren zahlreich vorhanden. Die Leitners bewirtschafteten große Flächen mit Ackerbau und Viehzucht.

Der erste Eindruck versprach viel mehr als alles, was Katharina jemals gesehen hatte. Und so träumte sie ganz kurz von einem schönen Zimmer, vielleicht oben im ersten Stock, wo der Balkon ganz außen herumging, von schönen Kleidern und von der Schule in der Stadt.

Zwei Minuten später aber fühlte sie sich, als hätte ihr jemand einen Eimer mit kaltem Wasser über den Kopf geschüttet.

»Du gehst mit der Rosel ins Gesindehaus. Dort zeigt sie dir dein Bett, und dann teilt sie dir deine Arbeit zu.«

Klara Leitners eisiger Blick und ihre grelle Stimme erzeugten bei Katharina Angst und Gänsehaut zugleich.

»Komm schon«, schnauzte Rosel und legte einen Schritt vor, dem das Mädchen kaum folgen konnte.

»Ich bin die Köchin hier auf dem Hof, und du bist als Küchenhilfe eingeteilt.«

In einem Nebenbau etwas abseits öffnete sie eine

Tür und schob Katharina hinein. Anstatt nach oben ging es eine Etage tiefer ins Kellergeschoss und dann durch einen langen Flur mit vielen Türen. Sie öffnete die letzte Tür links.

Katharina fand sich in einer Kammer mit zwei Bettgestellen aus Eisen wieder, die aussahen wie zwei ausgemusterte Krankenhausbetten. Auf der Matratze lagen ein Tuch, ein kleines Kissen und eine dünne Decke. Außerdem gab es nur noch einen Schrank und einen kleinen Tisch mit zwei Stühlen. Eine vergitterte Kellerluke diente als Fenster.

Rosel deutete auf das linke Bett.

»Das ist deine Matratze. Du arbeitest am Anfang bei mir in der Küche und im Garten, und zwar so lange, bis ich gesehen habe, ob man sich auf dich verlassen kann. Spurst du nicht, dann kommst du zum Arbeiten in die Hühnerställe. Arbeitsbeginn ist um fünf in der Früh, Feierabend um acht am Abend. Essen gibt es im Gesindehaus. Die Zeiten kann dir deine Bettnachbarin Annegret sagen. In einer halben Stunde sehe ich dich in der Küche.«

Die Worte waren völlig emotionslos heruntergeleiert, danach zog Rosel energisch die Tür hinter sich zu.

Katharina ließ sich auf ihr Bett fallen und weinte herzzerreißend. Es war ein Alptraum. Sie hatte immer gedacht, dass Pflegeeltern wie Eltern zu ihr seien, und jetzt, jetzt lag sie hier im Keller. Nach einer Weile, nachdem sie sich wieder etwas gefasst hatte, wusch sie sich mit kaltem Wasser aus der Waschschüssel das Gesicht. Niemand sollte sehen, dass sie geweint hatte.

Pünktlich wie befohlen stand sie in der Küche. Rosel warf ihr eine Schürze zu und forderte sie auf, Kartoffeln zu schälen. Dabei musste sie erfahren, dass sie viel zu langsam arbeitete.

»Dir kann man ja beim Laufen die Schuhe besohlen«, rief Rosel laut durch die Küche. Alle schauten auf, und allgemeines Gelächter setzte ein.

Katharina lief vor Verlegenheit rot an.

»Ich habe das noch nie gemacht.«

»Na, dann wird es aber höchste Zeit. Also schau den anderen zu und beeile dich.«

Am Abend saß sie am Tisch im Gesindehaus, denn es gab wenigstens ein Abendbrot. Die ungewohnte Arbeit hatte sie hungrig gemacht, und so schmeckte ihr das einfache Mahl mit Brot und Schmalz vorzüglich.

In ihrer Kammer traf sie später zum ersten Mal auf Annegret, die bereits für die Nacht umgezogen auf ihrem Bett saß.

»Ach schau an, 'ne Neue«, sagte diese lachend und rieb sich die schmerzenden Beine.

»Wie lange bleibst du denn hier, und wie heißt du überhaupt?«

»Ich bin Katharina und die Pflegetochter des Bauern, weil meine Mutter gestorben ist. Wie lange ich bleibe?«

Katharina musste nachdenken.

»Ich weiß nicht, was man mit mir vorhat.«

»Pflegekinder gibt es hier genug. Das ist die Masche der Leitners. Billige Arbeitskräfte und noch Pflegegeld obendrauf, und für die Kinder heißt es dann ab in die Küche. Bist du gut, wirst du nach einigen Monaten als Haushaltshilfe in ein Stadthaus geschickt. Dann verdienen sie noch mal an dir.«

»Geht es dir auch so?«

»Ne, ich habe mich bei Rosel hochgearbeitet und kann jetzt hier bleiben.«

Katharina weinte sich leise in den Schlaf. In der Nacht träumte sie von Benedikt und Elena. Sie standen in der Küchentür und sahen ihr beim Kartoffelschälen zu. Nach einer Weile kamen sie näher und drückten ihren Zeigefinger auf Katharinas Brustkorb. Plötzlich fingen sie an, laut zu lachen. Ihre Gesichter verzerrten sich zu Fratzen, und dann verschwanden sie langsam wieder.

Schweißgebadet wachte Katharina auf und atmete schwer. Vorsichtig, um ja kein Geräusch zu verursachen, stand sie auf und schlich ans Fenster, um frische Luft zu atmen.

Das ist die Strafe, dachte sie. Mein Bruder und ich, wir wollten die beiden Waisen nicht bei uns haben. Wir hatten Angst, teilen zu müssen. Auch Papa war gemein zu ihnen, hat alles weggenommen, was ihnen gehörte. Wo sie wohl hingegangen sind in ihrer Verzweiflung?

Sie schloss das Fenster und setzte sich wieder auf ihr Bett. Würde sie den Mut haben, wegzulaufen, wenn sie es hier nicht aushielt? Was wäre wohl besser für sie? Sollte sie sich auch bei Rosel anbiedern und hier ihr Leben fristen, oder sollte sie mal schauen, was in der

124

Stadt möglich war? Es wäre vielleicht einfacher, eine Stadtwohnung zu putzen, als mit aufs Feld zu gehen. Sie würde abwarten müssen.

Kurz vor Mitternacht schlief sie wieder ein.

Ein Jahr lang arbeitete Katharina bei den Leitners. Rosel war eine böse Frau, die herumkommandierte, Prügel verteilte, Essen entzog und die Leute auch in dunkle Löcher einsperrte, wenn sie es für nötig hielt.

Doch Katharina war inzwischen abgestumpft. Sie verrichtete einfach ihre Arbeit, und wenn das nicht reichte, dann nahm sie ihre Strafe entgegen, egal was es war. Ihr Körper war von blauen Flecken überzogen, und Hoffnung auf Veränderung hatte sie keine mehr. Ja, sie hatte noch nicht einmal mehr den Mut, in der Nacht vom Hof zu fliehen.

An einem Nachmittag wurde Katharina aufgefordert, ins Haupthaus zu kommen. Rosel schickte sie aber zuvor noch in ihre Kammer, damit sie ihr Sonntagskleid anzog.

»Ordentlich gewaschen und frisiert und ein Lächeln auf den Lippen, wenn du da ankommst. Wenn Klagen kommen, geht es in den Kerker.«

Rosels Augen ließen daran keinen Zweifel, aber an Katharina prallte es ab.

Als sie die Halle des Haupthauses betrat, standen dort Klara und Adam Leitner neben einem Herrn und einer eleganten Dame, der man sofort ansah, dass sie aus der Stadt kam.

Wie von ihr verlangt, begrüßte Katharina die Dame mit einem Knicks und einem freundlichen Lächeln.

»Das ist Katharina Hofer, ein Waisenmädchen aus dem Bergdorf *Wiesen*. Wir haben vor etwa einem Jahr die Pflegschaft und die Vormundschaft übernommen. In der Zwischenzeit haben wir sie auf das Leben vorbereitet und ihr das Führen eines Haushalts beigebracht«, erklärte Klara mit einem schleimigen Ton in der Stimme.

»Das ist sehr lobenswert, Frau Leitner«, antwortete die Dame.

Dann wandte sie sich Katharina zu.

»Ich bin Luise von Lauen, und das ist mein Mann Wilhelm von Lauen. Ab heute wirst du bei uns leben und zusammen mit der Hausdame unseren Haushalt versorgen.«

»Geh und hol deine Sachen«, sagte Klara in einem etwas abgeschwächten Befehlston.

Und dann ging alles ganz schnell. Ehe Katharina sich versah, saß sie in der Kutsche der Familie von Lauen.

Sie hielten in einer eng bebauten Straße vor einem weißen Haus an, das rund um die Fenster lauter Schnörkel hatte. Es sah stolz und ungewohnt groß aus.

»Komm«, sagte Frau von Lauen freundlich und führte sie über eine mit Teppichen ausgelegte Treppe in die zweite Etage.

Die Hausdame öffnete die Wohnungstür und begrüßte sie mit einem herzlichen Lächeln.

»Zeigen Sie der Kleinen alles, was sie wissen muss«, befahl Frau von Lauen.

»Wie Sie wünschen, gnädige Frau. Ich bin übrigens Frau Hagen, die Hausdame. Wie ist denn dein Name?«

»Katharina Hofer.«

»Und wie alt bist du?«

»Fünfzehn.«

»Ah, schon ein großes Mädchen.«

Als sie mit Frau Hagen alleine war, blickte Katharina sich schüchtern um.

»Was ist denn hier meine Arbeit, und welche Strafen gibt es, wenn man etwas nicht so gut kann?«

Frau Hagen war entsetzt. Man hörte immer wieder davon, dass Kinder zur Arbeit gezwungen und verprügelt wurden. Sie nahm Katharina bei der Hand und führte sie in den Dienstbotentrakt.

»Komm, wir haben hier ein Badezimmer. Da darfst du in eine duftende Wanne steigen, und dann bekommst du neue Dienstkleider und Nachtgewänder von mir.«

Als Frau Hagen nach angemessener Zeit mit einem erwärmten Tuch ins Badezimmer kam und Katharina aus der Wanne aufstand, traute sie ihren Augen nicht. Das Mädchen war am ganzen Körper mit Hämatomen übersät. Vorsichtig wickelte sie das Tuch um den geschundenen Körper und half ihr beim Abtrocknen.

Anschließend nahm sie Katharina mit in die Küche, machte ihr eine heiße Milch und Butterbrote. Während Katharina aß, setzte sie sich neben sie und strich ihr sanft über den Arm.

»Ich möchte dir sagen, dass du hier nur solche Aufgaben übernehmen musst, die nicht zu schwer für dich sind. Schläge gibt es natürlich nicht. Arbeiten musst du zwar den ganzen Tag, aber wenn du die Dinge ruhig und fleißig erledigst, dann ist alles gut.«

Als Katharina ihr Zimmer und ihr schönes Bett gesehen hatte, wusste sie, dass jetzt ein anderes Leben für sie begann. Zum ersten Mal in ihrem jungen Leben faltete sie die Hände und sprach ein Gebet des Dankes.

So ging die Zeit ins Land. Katharina war nun schon einige Jahre bei der Familie von Lauen, die sie fast wie eine eigene Tochter aufgenommen hatte. Auch wenn sie viel arbeiten musste, führte sie ein ruhiges, menschenwürdiges Leben und war zufrieden.

Im zarten Alter von dreiundzwanzig lernte sie einen lieben Gast der von Lauens kennen. Er stammte aus Wien, verbrachte jedes Jahr die Sommerfrische in der kleinen Stadt und besuchte fast täglich den Hausherrn.

Eines Tages hielt er bei der Familie um Katharinas Hand an. Wilhelm von Lauen stimmte der Ehe zu, weil er den jungen Mann sehr mochte und weil eine Ehe ohnehin immer ziemlich rational vereinbart wurde, auch wenn es in diesem Fall nicht die richtigen Eltern waren. Katharina hatte ein wenig Angst, als man sie darüber informierte. Ihr zukünftiger Ehemann war zwar immer höflich und nett zu ihr, aber sie wurde überhaupt nicht gefragt, ob sie ihn heiraten wollte, und sie kannte ihn ja auch gar nicht.

Wieder ging es in ein neues Leben, von dem sie nicht wusste, wie es werden würde. Dieses Mal fuhr sie mit ihrem künftigen Mann nach Wien.

Doch ihre ganze Sorge war umsonst gewesen. Sie bekam einen guten Ehemann und einige Jahre später ihren Sohn Daniel, der ihr viel Freude machte. Und so kam es, dass Katharina noch ein langes, erfülltes Leben hatte.

***

Greta öffnete die Augen.

»Ende der Geschichte.«

»Oh, war das spannend!«, rief Sofia.

»Und was besonders cool ist, Katharinas Sohn heißt auch Daniel, genau wie unser Papa.«

»Stimmt«, meinte Greta.

»Das ist ja ein schöner Zufall.«

»Und ich habe die Weihnachtskugeln von Benedikt gefunden«, erklärte Julian stolz.

»Wohnen wir vielleicht in Heinrichs Haus? Und Benedikt wollte doch unbedingt die Kugeln wieder holen.

Können wir ihn nicht suchen und ihm die Kugeln zurückgeben?«

Greta musste lachen.

»Du hast im Moment viel zu viele Fragen, mein Kleiner, auf die wir keine Antworten haben. Vielleicht hilft uns ja mal irgendeine unvorhergesehene Information oder eine Begegnung weiter – so zufällig wie die Tatsache, dass dein Vater auch Daniel heißt.«

Sie schaute noch einmal zum Haus gegenüber, dann blickten ihre Augen ganz lange auf den Berg.

»Und jetzt ab mit euch nach Hause. Es wird bald dunkel.«

Max und sein Vater Benedikt

Max stand am Fenster seines Lofts in München. Er war wie vom Donner gerührt und unfähig, einen klaren Gedanken zu fassen.

Sein Chef hatte ihn heute Morgen auf einen anderen beruflichen Stern katapultiert, anders als es je in seinen Vorstellungen hätte geschehen können.

Er, der die Stadt liebte wie kein anderer, der mit ländlichen Strukturen, Bergidyll, Kühen und Pferden nichts, aber auch gar nichts anfangen konnte, er brauchte das pulsierende Leben einer nie schlafenden Großstadt, die Theater und Konzertsäle, das Lichtermeer, die Cafés und Bistros direkt um die Ecke.

Und nun? Nun sollte er nach Österreich in ein kleines Bergdorf und von da aus auf einen einsamen Berg, um die dortige Wetterstation und das Lawinencenter zu betreuen. Er, der Wissenschaftler und Meteorologe, der hier in München einen vielseitigen und interessanten Job hatte, sollte nun in vier Wochen aufbrechen in die Einsamkeit.

Das Telefon unterbrach seine Gedanken.

»Papa! Schön, dass du anrufst«, rief er erfreut.

»Wie geht es dir?«

»Danke, mir geht es gut. Und wie ist es bei dir? Alles

in Ordnung?«

»Ja, im Prinzip schon.«

»Ach, und was heißt das, mein Sohn?«

»Ich werde für zwei Jahre in eine Wetterstation hoch oben in den Bergen versetzt.«

»Und du möchtest lieber in der Stadt bleiben?«

»Kennst mich doch.«

Max machte eine Pause, weil er auf eine zustimmende Antwort seines Vaters wartete. Aber dem war nicht so, sein Vater schwieg. Daraufhin sagte er mit Nachdruck: »Ja, natürlich möchte ich lieber hier bleiben!«

»Sieh es einfach als Entspannungs- und Wellnessreise an. Das ist für dich nicht der übliche Arbeitsstress, das ist Natur pur und Gemütlichkeit.«

Benedikt fuhr sich mit der Hand über den Bart. Er wusste, dass es Floskeln, einfach dahingesagte Worte waren. Sein Sohn war ein Stadtmensch durch und durch, und er selbst trug eigentlich die Schuld daran. Er hatte ihm die Stadt vorgelebt und schmackhaft gemacht. Ja, und wenn man so wollte, dann hatte er ihm die Berge und das Leben dort unbewusst, aber stetig ausgeredet, es manchmal sogar verteufelt und in Szenarien beschrieben, die einen Menschen dazu bringen konnten, da niemals hinzufahren.

»Das kommt aus deinem Mund, Vater?«

»Ja, tut mir leid, dass ich dir die Bergwelt so mies geschildert habe.«

Max schüttelte den Kopf, während er über die Dächer der Stadt blickte.

132

»Und jetzt willst du mir die Landluft schmackhaft machen? Wieso dieser Sinneswandel, und warum hast du das überhaupt gemacht?«

Benedikt schwieg einen Moment.

»Papa? Bist du noch da?«

»Ja, ich bin da.«

Er ging auf die Frage nicht ein und stellte lieber eine Gegenfrage.

»Auf welchen Berg musst du denn?«

»Warte, ich muss auf meinen Zettel schauen. *Wiesen* heißt das Kaff, es liegt im Salzburger Land. Den Berg habe ich mir nicht notiert.«

Benedikt rutschte der Telefonhörer aus der Hand und schlug auf dem Schränkchen auf. Er konnte ihn gerade noch abfangen, ehe er auf den Boden hinunterfiel. Mit sorgenvoller Miene blickte er in den Garderobenspiegel hinter dem Telefontisch und sah einen alten Mann, dessen Gesicht weiß wie eine Wand geworden war.

»Papa, was hat denn da so geklappert?«

»Entschuldige, mir ist der Telefonhörer auf die Kommode gefallen.«

»Geht es dir nicht gut?«

»Ich habe mich ehrlich gesagt ziemlich erschrocken, als ich hörte, wo du hinmusst.«

»Wird es nicht Zeit, dass du mir das und deinen Widerwillen gegenüber den Bergen erklärst?«

»Ja, mein Sohn, es wird nun allerhöchste Zeit. Ich muss dir jetzt, wo du nach *Wiesen* fährst, die Geschichte unserer Familie erzählen. Können wir uns sehen?«

»Du machst mich neugierig. Ich komme morgen bei euch vorbei.«

»Ja, mach das. Bis morgen, mein Junge.«

Am nächsten Abend klingelte Max wie verabredet bei seinen Eltern, die in einer schönen Villa in München-Bogenhausen lebten.

»Grüß dich, Papa«, rief er, als er das geräumige Wohnzimmer betrat.

»Ist Mutti auch zu Hause?«

Benedikt umarmte seinen Sohn zur Begrüßung.

»Ja, deine Mutter ist auch da. Komm, setz dich. Was willst du trinken?«

»Ein Wasser ist erst mal genug«, antwortete Max, während er sich in den Sessel fallen ließ.

Die Tür öffnete sich, und seine Mutter Melissa kam mit aufrechtem Gang und schnellem Schritt hereingeweht. Ihre fast weißen, lockigen Haare reichten ihr bis auf die Schultern. Sie hatte ein freundliches und offenes Gesicht, ihre Falten waren ein Zeichen des Lebens und drückten Lebenserfahrung und Klugheit aus. Die blauen Augen strahlten, und man konnte immer noch erkennen, dass die mittlerweile fast Siebzigjährige in jungen Jahren eine schöne Frau gewesen war.

»Du bist ja schon da, das freut mich aber.«

Schnell nahm sie ihren Sohn in den Arm und küsste ihn auf die Wange.

»Mama, du kommst hier herein wie ein Wirbelwind.« Max grinste und schüttelte den Kopf.

»Deine Mutter ist einfach nicht zu bremsen. Im Gegensatz zu mir merkt man ihr das Alter gar nicht an«, erklärte ihm Benedikt.

Alle lachten und setzten sich um den Esstisch. Die Haushaltshilfe hatte ihnen bereits eine Platte mit Sandwiches und alkoholfreie Getränke bereitgestellt.

Nach der allgemeinen Konversation zu Beginn kam Benedikt direkt auf den Grund ihres Zusammentreffens.

»Ich habe versprochen, dir die Geschichte unserer Familie zu erzählen, und das will ich jetzt tun.«

Er berichtete von seinen Eltern und seinen Geschwistern, dem kleinen Hof in den Bergen, den Tieren und dann in allen bitteren Einzelheiten von dem Unglück, das die Familie zerstört hatte.

Zwischendurch musste er tief ein- und ausatmen, weil ihn das alles immer noch mehr belastete, als er gedacht hatte.

Melissa strich ihm immer wieder beruhigend über die Hand, die vor Aufregung ununterbrochen auf der Tischdecke hin und her fuhr.

Max blickte seinen Vater mit großen Augen an. »Warum hast du nie davon erzählt?«

»Ich weiß es nicht. Es hat mir einfach zu sehr wehgetan. Ich wollte es nicht mehr an die Oberfläche kommen lassen, denke ich.«

Er machte eine gefühlt lange Pause, bevor er weitersprach.

»Elena und ich landeten mit unseren wenigen Habseligkeiten beim Bruder meines Vaters, der mit seiner

Familie im Dorf lebte. Alles, was beweglich war, verkaufte er und steckte das Geld ein. Nur den Hof nicht, das hatte ihm der Bürgermeister untersagt.«

»Und was geschah dann mit dem Hof?«

»Der Reihe nach, mein Sohn. Meine Schwester und ich erlebten zwei Jahre des Grauens.«

Benedikt berichtete in allen Einzelheiten, wie ihr Leben verlaufen war – bis zu dem Tag, an dem Elena von ihrem Cousin mit freiem Oberkörper geschlagen wurde.

Max und seiner Mutter Melissa liefen die Tränen über die Wangen, so plastisch schilderte Benedikt die Geschehnisse. Es war, als könnten sie die Schläge selbst spüren.

»Die arme Tante Elena. Warum hat auch sie nie darüber gesprochen?«

Niemand antwortete.

Max stand auf und ging im Raum auf und ab. Er war völlig aufgewühlt. Selbst als Unbeteiligter hatte er Probleme, sich das Gehörte bildlich vorzustellen und zu verarbeiten. Es war absolut schwer.

»Setz dich bitte wieder, damit ich fortfahren kann.«

Benedikt nahm einen Schluck aus seinem Glas, dann erzählte er weiter.

»Ich wartete vom ersten Tag auf einen Hinweis oder eine Eingebung, damit ich mit meiner Schwester gehen konnte. Am Anfang glaubte ich, dass uns vielleicht Bauer Seppl, der uns wohlgesonnen war und uns die ersten Tage aufgenommen hatte, aus dieser Knecht-

136

schaft befreien würde oder eben auch der Bürgermeister. Aber es war nicht so.

An diesem Tag, an dem meine Schwester so gequält und gedemütigt wurde, war das Fass voll, und ich musste uns beide retten.

Das Problem war allerdings, dass ich gerade mal elf Jahre alt war und Elena ganze neun Jahre. Wie sollte das gehen? Wir waren im Prinzip immer noch zwei Kinder, arm und ohne Ziel, diesmal war es aber nicht im Herbst, sondern im Frühjahr.«

»Benedikt, jetzt mach erst mal Pause. Geh mit Max eine Runde durch den Garten. Wir treffen uns hier in zehn Minuten wieder.«

Melissa hatte den Zeigefinger erhoben und so energisch gesprochen, dass sich die beiden Männer zu keiner Widerrede aufraffen konnten.

Kurze Zeit später saßen sie alle wieder um den Tisch.

Benedikt, Elena und die neue Heimat

Benedikt blickte auf die Tischdecke, als er begann.

»Ein paar Tage zuvor hatte ich Onkel Heinrich belauscht, als er sich mit seinem Nachbarn unterhielt. Er erzählte ihm, dass er gehört habe, dass viele Bauern ihre Kinder zum Arbeiten ins Schwabenland schickten. Die Familien bekämen eine faire Bezahlung für die Arbeit der Kinder. Und, so erklärte er, er überlege gerade, ob es nicht das Beste wäre, wenn er uns zwei Waisenkinder ebenfalls arbeiten schicken würde. Dann müsste er nicht so viele Hungrige füttern, und obendrauf hätte er noch was an Geld übrig, was der ganzen Familie nütze.«

Max fasste seinen Vater am Arm.

»Und dann, was hast du dann gemacht?«

»Ich hatte das mit den Kindern schon anderswo aufgeschnappt. Auch wusste ich bereits, wo die Treffpunkte waren, an denen die Kinder sich mit einem sogenannten Kooperator trafen. Das war ein Mann, der sie über die Alpen begleitete. Nach der Ankunft im Schwabenland wurden sie auf den Marktplätzen von Bauern als billige Arbeitskräfte ersteigert.«

Benedikt stützte den Kopf auf die Arme und fuhr sich durch die Haare. Dann straffte er die Schultern.

»Ich hatte mich also schon damit beschäftigt und sah es als unsere Chance, von da wegzukommen. Allerdings wollte ich nicht, dass Onkel Heinrich uns übergibt, dann hätte nämlich er das Geld vom Kooperator bekommen, und wir hätten nach dem Sommer bis zum nächsten Frühjahr wieder zurückgemusst. Daher wollte ich das alleine mit meiner Schwester durchziehen. Dazu hatte ich mir einen Punkt ausgesucht, an dem wir uns aus dem Wald heraus der Gruppe anschließen konnten. Also schnürten wir unser Tuch mit den wenigen warmen Kleidungsstücken und einem einzigen paar Schuhe, denn ich wusste von unserem Zuhause, dass oben auf den Bergen noch viel Schnee lag. «

Benedikt zog die Luft ein und nahm einen Schluck Wasser.

»Unter dem Schrank hatte ich den alten Koffer versteckt, mit dem wir aus unserem Hof ausgezogen waren. Darin hatten wir für uns fast so etwas wie heilige Sachen versteckt. Und zwar von uns allen, den Lebenden und den Toten der Familie, je eine Strickjacke, die meine Mutter aus Schafwolle gestrickt hatte und die wir immer nur zu Weihnachten anzogen. Und dann noch die Kugeln für unseren Weihnachtsbaum. Zu Elena hatte ich damals gesagt, dass sie unsere Glückskugeln sein sollen. Wenn wir die Weihnachtskugeln eines Tages wieder an einen Baum hängen, dann würde es uns gut gehen, und unsere Eltern und unsere Schwester wären ganz nah bei uns. Aber genau diese Kugeln musste ich auf Onkel Heinrichs Speicher zurücklassen.

Es war schrecklich für mich, etwas zurückzulassen, was uns die Eltern näher bringen sollte. Es brach mir fast das Herz – oder besser gesagt, es war wie ein langsames Sterben.«

»Meine Güte, Vater, wie habt ihr das nur geschafft? Das muss ja furchtbar gewesen sein. Ich habe mal einen Film gesehen, der hieß *Die Schwabenkinder*. Ich hatte die ganze Zeit eine Gänsehaut, so sehr haben mir die Kinder leidgetan.«

»Ja, es war die Hölle. Wir hatten in unserer Gruppe Kinder, deren Zehen und Füße unterwegs erfroren, die vor Erschöpfung und Hunger zusammenbrachen. Auch Kinder, die Fieber bekamen und auf dem Weg starben. Es war ein Überlebenskampf, der unendlich lange dauerte, denn der Weg über die Alpen war sehr weit. Für kleine Kinderfüße, die natürlich keine anständigen Schuhe hatten, war es eine Tortur. Aber wir beiden Geschwister wollten überleben, obwohl ich mich später öfter mal gefragt habe, warum wir das zu der Zeit unbedingt wollten. Wir hatten ja keine Aussicht auf ein schönes Leben. Anscheinend war es aber der natürliche Überlebenstrieb von Kindern.«

»Und bei welchen Bauern seid ihr dann gelandet?« Aufgeregt sog Max jedes Wort seines Vaters ein. Er war ganz neugierig auf die Familiengeschichte.

»Das… das war ein ganz besonderer Glücksfall. Ein Bauer ersteigerte mich, und der Kooperator hat ihm geflüstert, dass er meine Schwester für das gleiche Geld dazunehmen soll, weil wir Waisenkinder seien und keine Familie mehr hätten, die das Geld jedes Jahr ein-

140

streicht. Und das machte er dann prompt. Als uns die Bäuerin sah, geschah das Gegenteil dessen, was sonst bei den Bauern üblich war. Sie steckte uns in eine Wanne, gab uns Wäsche und gutes Essen und behandelte uns wie ihre eigenen Kinder. Anstatt uns zu schwerer Hofarbeit anzutreiben und zu verprügeln, schickte sie uns zur Schule. Natürlich mussten wir wie alle Kinder in dieser Zeit nach der Schule fleißig mitarbeiten. Aber sie achtete darauf, dass wir gleichermaßen lernten und arbeiteten.«

»Oh, das war aber mal ein feiner Zug der Bäuerin.«

»Sie war der abgesandte Engel für uns beide. Plötzlich wurde für uns alles anders.«

Melissa stand auf und legte den Arm um ihren Mann.

»Ja, das war wirklich ein feiner Zug meiner Mutter.«

Max erhob sich blitzartig von seinem Stuhl.

»Willst du damit sagen, dass der Bauer im Schwabenland dein Vater war?«

»Ja, du hast deine Großeltern auf ihrem Hof ja noch kennengelernt. Wir waren doch, als du klein warst, sehr oft in Friedrichshafen.«

»Stimmt, den Hof kenne ich, den hat dein Bruder irgendwann übernommen und ihn später dann seinem Sohn übergeben. Leider haben wir nicht sehr viel Kontakt. Ich wusste aber bisher nicht, dass auf dem Familienhof Schwabenkinder arbeiteten. Sie waren so ein bisschen ein Schandfleck dieser Zeit, wie ich in dem Film erfahren habe.«

Max schüttelte immer wieder den Kopf. Diese Schicksale und zufälligen Begegnungen waren manchmal schwer zu verstehen.

»Papa, man könnte meinen, dass deine Eltern euch mit den Weihnachtsjacken dort hingeleitet hätten.«

Benedikt zwinkerte ihm zu.

»Du meinst, sie haben uns beschützt und dafür gesorgt, dass wir ein gutes Leben bekommen?«

Max nickte.

»So ähnlich. Man weiß ja nie, was zwischen Himmel und Erde geschieht.«

Melissa wiegte den Kopf hin und her, als Max seine himmlischen Schlüsse aus der Geschichte zog.

»Meine Mutter hat alle Schwabenkinder zur Schule geschickt und gut behandelt. Sie bildete da eine große Ausnahme, und mein Vater ließ ihr immer die Freude. Er wusste, dass sie von ihrem christlichen Menschenbild angetrieben wurde«, relativierte sie Max' Gedanken etwas und wischte sich ein paar Tränen aus den Augenwinkeln, als sie an ihre liebe Mutter dachte.

»Wie ist aus euch dann ein Paar geworden? Und wie kam es zu euren Berufen?«, wollte Max wissen.

Benedikt schmunzelte.

»Wir waren eine klassische Sandkastenliebe und so zusammengeschweißt, dass kein Blatt Papier zwischen uns passte. Auch später nach dem Abi waren wir unzertrennlich. Deine Mutter studierte Medizin, sie wollte Menschen helfen. Und ich, ich wollte Schneephänomene, Lawinen und das Wetter wissenschaftlich untersuchen und als Meteorologe verstehen. Vielleicht, so habe ich oft überlegt, wollte ich im Unterbewusstsein den Tod unserer Eltern und der kleinen Anna begreifen. Ich wollte ergründen, warum im frühen Herbst so ein Unwetter und so ein Schneesturm über das Land und den Berg ziehen konnten. Auf jeden Fall sind wir beide früh nach München, haben hier studiert und geheiratet und sind bis heute an diesem Ort mit dir zusammen glücklich.«

»Warum ist Tante Elena in die Schweiz ausgewandert?«

»Sie lernte in Friedrichshafen einen Schweizer Geschäftsmann kennen, als sie bei einer Bank arbeitete. Und wie das so geht, sie verliebten sich, und sie ging mit ihm in die Schweiz. Du weißt ja, dass auch sie ihr Glück gefunden hat.«

»Und nun hast du erfahren, dass ausgerechnet ich in euer Dorf muss.«

»Ja, mein Sohn. Jetzt fährst ausgerechnet du in unser Dorf und auf den Berg deiner Großeltern.«

Benedikt wischte sich die Tränen aus den Augen. »Es ist immer noch so emotional für mich, obwohl Jahrzehnte vergangen sind.«

»Vater, was ist aus dem Hof geworden?«

»Ich denke, dass er uns von der rechtlichen Seite immer noch gehört. Aber ich bin überzeugt, dass Onkel Heinrich und sein Sohn zugegriffen haben. Gerne hätte ich das einmal geklärt. Aber zwei Dinge haben mich davon abgehalten, nämlich unser Elternhaus wieder zu betreten und außerdem Onkel Heinrichs unsäglicher Familie zu begegnen. Der schlimme Arthur hat mich abgeschreckt, obwohl der jetzt auch schon ein alter Mann ist.«

Melissa nahm seine Hand.

»Und dann wären da noch die Weihnachtskugeln, die du zurückgelassen hast und ohne die du einfach deinen Seelenfrieden nicht finden kannst.«

Zärtlich strich sie ihm über die Finger, und ihre Augen strahlten ihn voller Liebe an. Sie kannte ihren Mann seit vielen Jahrzehnten, wahrscheinlich besser als er sich selbst.

»Ja, das stimmt, meine kluge Frau. Die Weihnachtskugeln, die waren ein wichtiges Ziel für uns. Wenn wir die aufhängen, dann sind unsere Eltern, unsere Beschützer, wieder da, wenn auch nur im Geiste. Bis heute haben wir sie nicht mehr aufgehängt, geschweige denn wissen wir, wo sie abgeblieben sind. Und deshalb fehlen sie zur Vollendung eines perfekten Weihnachtsfestes.«

»Was waren dann all die Weihnachtsfeste der letzten Jahrzehnte für dich und Elena? Wie habt ihr das Fest mit uns empfunden? Da muss doch immer etwas gefehlt haben.«

»Das ist etwas schwer zu erklären, Max. Ich für meinen Teil habe immer an Weihnachten versucht, die Vergangenheit mit den Eltern nachzuempfinden, an sie zu denken, sie zu fühlen, sie zu riechen, und zwar immer vor dem Kirchgang. Nach der Kirche habe ich Mama und dich in den Arm genommen und mich damit getröstet, dass es mir gut geht und meine Eltern ganz bestimmt dazu beigetragen haben, sei es auch nur durch ihre Erziehung. Wie sonst hätten wir das alles überstehen können?«

Max nickte und verdrückte eine Träne.

»Eine letzte Frage habe ich aber noch.«

Er rutschte etwas näher an seinen Vater heran.

»Was ist denn aus den Jacken geworden, die ihr immer zu Weihnachten getragen habt und die euch so wichtig waren?«

Benedikt lächelte und wandte den Kopf zum Fenster.

»Es waren dicke Strickjacken aus Schafswolle. Wolle, die von unseren eigenen Schafen kam und die unsere Mutter eigenhändig gesponnen und gestrickt hatte. Wir waren eine arme Familie, aber das waren edle Stücke, die uns in ihrer hellen Naturfarbe zu den Weihnachtstagen ein festliches, dem Anlass entsprechendes Aussehen verliehen haben und uns gleichzeitig in diesen kalten und schneereichen Tagen wärmten. Wir waren so stolz auf diese Jacken.«

Als kehrte er nun aus der Vergangenheit zurück, drehte Benedikt den Kopf zu Max und schaute ihm in die Augen.

»Wir haben die Jacken wochenlang bei unserem Marsch über die Berge getragen. Wir haben sie übereinander angezogen – ich erst meine, dann die unseres Vaters und Elena ihre und die unserer Mutter. So waren wir die ganze Zeit beschützt. Kein Körperteil ist erfroren, weil wir auch noch selbst gestrickte Socken hatten.«

»Puh, was für eine Geschichte. Ich frage noch einmal, warum hast du sie denn nie erzählt? Auch Elena hat nie darüber gesprochen, wenn wir uns gesehen haben.«

»Wir haben diese Erlebnisse in unseren Herzen verschlossen und sie bis heute nie wieder hervorgeholt, ohne dass wir uns darüber abgesprochen hatten. Wahrscheinlich wollten wir einfach den Schmerz nicht mehr fühlen. Diese Ereignisse haben unser Leben geprägt und uns über weite Strecken unsere Kindheit genommen. Das Weihnachtsfest hat all die Jahrzehnte immer ganz besonders geschmerzt, auch wenn ich mir nie was anmerken ließ.«

Max schlug die Hände vors Gesicht. Die Geschichte griff ihn emotional sehr an, und nun verstand er auch, warum sein Vater immer die Stadt bevorzugt hatte. Aber er glaubte jetzt, dass das nur ein oberflächliches Verdrängen war.

»Vater, ich denke, dass du im Herzen deine Heimat und die Berge liebst, dass du diese Geschichte eigentlich aufarbeiten müsstest, um mit der Heimat und den Menschen, den Lebenden und den Toten, deinen Frieden zu schließen.«

»Das kann sein, mein Sohn.«

»Gut, dann machen wir das zusammen.«

Max nickte seinem Vater zu und deutete mit dem Finger erst auf ihn, dann auf sich selbst.

»Wie meinst du das?«

Benedikt sah ihn skeptisch an.

»Ich kann da nicht so einfach hingehen, das bricht mir das Herz.«

»Immer schön langsam. Ich fahre jetzt erst mal hin, das muss ich ja sowieso tun.«

Max lächelte verlegen.

»Und wenn ich alles herausgefunden habe, dann melde ich mich bei dir.«

Benedikt atmete auf.

»Einverstanden.«

Max' Ankunft im Bergdorf

Max fuhr zügig mit seinem Wagen die Bergstraße hinauf. Seit einer halben Stunde bewunderte er bereits das Panorama. Er hatte nicht geahnt, wie schön es in den Bergen war. Es sah aus wie in Filmen oder Reisereportagen. Aber jetzt, jetzt sah er das zum ersten Mal selbst. Was für ein Ausblick. Und dann die Höhe der Berge und die beeindruckenden Felsen, die vermeintlich bis in den Himmel ragten. Jetzt konnte er die Kraft der Natur wenigstens ein bisschen erahnen.

Plötzlich freute er sich auf seine Arbeit in der Wetterstation fast ganz oben auf dem Gipfel des Berges. Gespannt war er auch auf seinen Kollegen, der die Arbeit bereits aufgenommen hatte.

Im Dorf angekommen entdeckte er gleich das Gasthaus auf der rechten Seite der Hauptstraße. Dort hatte ihm die Firma ein Zimmer reserviert. Nach einem eigenen Zuhause wollte er später, wenn er sich eingelebt hatte, selbst suchen.

Und außerdem sollte es ja noch den Hof seiner Großeltern geben. Es würde spannend werden herauszufinden, in wessen Händen dieser sich jetzt befand.

Rasch stieg er aus und schritt auf den Eingang zu, nachdem er seinen Wagen auf dem Gästeparkplatz abgestellt hatte. Die Wirtin begrüßte ihn herzlich und übergab ihm den Zimmerschlüssel.

Nachdem er mit seinem Gepäck auf dem Zimmer angekommen war, schaute er sich erst einmal um. Es war ein sehr großer Raum mit einem breiten Bett. Außerdem gab es einen geräumigen Schrank, einen Tisch und zwei Stühle, einen Schreibtisch und ein großes Badezimmer mit einer Dusche und einer Toilette.

»Alles prima«, flüsterte er.

»Da kann ich es aushalten. Und mein Frühstück bekomme ich auch.«

Am Abend, nachdem er im Gasthof köstlich gespeist hatte, machte er einen ausgedehnten Spaziergang. Sein Vater hatte ihm alle Adressen und Namen mitgegeben, die damals von Bedeutung gewesen waren.

Noch in Gedanken versunken erreichte er das Haus, das Onkel Heinrich gehört hatte und für seinen Vater damals ein Zuhause sein sollte.

Ein friedliches Fachwerkhaus, das einen gepflegten Eindruck machte. Im Hof, den er einsehen konnte, spielten zwei Kinder mit einem Ball. Zwei Erwachsene, vermutlich deren Eltern, saßen auf einer Bank und schauten ihnen zu.

Als ihn der Mann entdeckte, stand er auf und kam auf ihn zu.

»Guten Abend. Kann ich etwas für Sie tun?«

Max erschrak, weil er den Mann gar nicht kommen gesehen hatte.

»Nein, nein. Entschuldigen Sie, dass ich hier stehen blieb. Ich bin heute erst angekommen und habe mich nur etwas umgeschaut.«

Er lächelte verbindlich.

»Ah, bleiben Sie länger, oder machen Sie hier Urlaub?«

»Ich bleibe länger. Ich werde auf dem Berg arbeiten«, erklärte Max und deutete mit dem Finger dorthin.

»Sagen Sie bloß, Sie sind Max?«

»Ja, der bin ich. Und Sie sind mein Kollege Daniel?«

Dieser nickte und streckte ihm die Hand zur Begrüßung entgegen.

»So ein Zufall aber auch, dass wir uns gleich begegnet sind.«

»Ja, das passt sehr gut. Dann können wir uns morgen besser absprechen.«

»Komm rein. Ich darf doch Du sagen?«

Daniel deutete auf die Sitzgruppe.

Seine Frau Pauline blickte ihnen erwartungsvoll entgegen. Daniel machte die beiden miteinander bekannt, und dann setzten sie sich um den Tisch. Max erfuhr alles, was er für den ersten Arbeitstag wissen musste, und freute sich, mit einem so netten Kollegen zusammenarbeiten zu dürfen.

»Darf ich etwas neugierig sein?«, fragte Max.

»Frag nur, was du wissen möchtest.«

»Das Haus hier, habt ihr das über einen Makler oder selbst gefunden? Habt ihr es gekauft oder gemietet?«

Daniel verstand. Natürlich, Max musste sich jetzt

150

auch eine feste Bleibe suchen. Zwei Jahre waren schon eine gewisse Zeit, da war es besser, ein eigenes Zuhause zu haben.

»Wir haben das Haus von der Gemeinde gekauft«, antwortete er und lächelte.

»Ach, ihr habt euch schon entschieden, hier zu bleiben?«

»Nein, das haben wir noch nicht. Und du?«

Max zuckte die Schultern.

»Ich bin mir auch noch nicht sicher, was ich will. Außer meinen Job gut zu machen und dass ich zufällig familiäre Spuren in dieses Dorf habe, denen ich nachgehen möchte. Erst dann entscheide ich mich, ob ich hier ein festes Domizil anstrebe.«

Daniel klopfte ihm auf den Arm.

»Das ist auch ein guter Weg. Stell dir vor, ich hatte auch Vorfahren hier und möchte nun mehr über sie erfahren.«

»Ach, das ist ja interessant. Erzähl mal, wie sind deine Verbindungen nach *Wiesen*?«

Pauline goss den beiden Männern noch einmal Wein nach und setzte sich dann wieder zu ihnen.

»Danke«, sagte Daniel und lächelte seine Frau an.

»Meine Mutter Katharina stammte hier aus dem Dorf. Sie musste als junges Mädchen, nachdem ihre Mutter verstorben war, das Dorf verlassen und kam als Waise zu Pflegeeltern.«

Max nahm einen Schluck aus seinem Glas.

»Ach du liebe Zeit, was für ein Schicksal! Weißt du

mehr darüber?«

Daniel senkte den Blick und schüttelte den Kopf. »Nicht sehr viel, sie hat nie ausführlich über ihre Kindheit und ihre Herkunft gesprochen. Aber ich habe vor ihrem Tod von ihr ein paar Informationen bekommen und danach einige Dokumente gesichtet, die hierherführen. Jetzt will ich alles erfahren und recherchieren.«

Max stand auf und ließ seinen Blick über die kleine, verlassene Straße schweifen.

»Oje, was ist denn das für ein Dorf?«

Dann setzte er sich wieder hin.

»Ist das vielleicht ein Unglücksdorf?«

»Warum fragst du das?«, wollte Pauline wissen.

»Meine Großeltern und ihre jüngste Tochter sind hier auf dem Berg ums Leben gekommen. Mein Vater hat mir vor ein paar Tagen vieles von dem erzählt, was er sein ganzes Leben verschwiegen hatte. Ich werde schauen, wer von seiner Familie noch lebt und was aus dem Hof geworden ist.«

Daniel war sprachlos, als er hörte, dass Max' Familie ein ähnliches Schicksal erlitten hatte wie seine eigene. »Bist du zufällig hierher versetzt worden?«

»Ja, ich hatte keine Ahnung, dass mein Vater hier geboren ist.«

Daniel nickte.

»Bei mir war das etwas anders. Ich habe mich um die Stelle beworben, als ich die Unterlagen meiner Mutter gelesen hatte«, erklärte er.

Max erhob sich wieder.

»Na, dann stürzen wir uns morgen in unser neues Leben – beruflich und privat.«

Er reichte den beiden zum Abschied die Hand.

»Danke für die Einladung und den netten Abend. Und bis morgen in der Früh an der Seilbahn.«

»Du musst dich nicht bedanken. Schön, dass wir dich kennenlernen durften. Und bis morgen.«

Die nächsten Tage hatten die beiden Männer keine Zeit, sich mit ihren Vorfahren zu beschäftigen. Ihre ganze Konzentration galt der neuen Arbeit, der Einteilung der Schichten sowie der Organisation ihrer wissenschaftlichen Auswertungen und der Meldungen zur Zentrale nach München und zur Landesstelle in Wien, die beide für die aktuellen Wetterberichte und Vorhersagen sowie im Winter auch für die Lawinenwarnung zuständig waren.

Von dort aus wurden täglich Radio- und Fernsehsender, Zeitungen, Reedereien, Bauern und viele andere Interessensgruppen mit wichtigen Wetterdaten versorgt.

Privat sahen sie sich in dieser Zeit überhaupt nicht, weil sie erst spätabends nach Hause zurückkehrten und am frühen Morgen schon wieder zur Wetterstation hochfuhren.

Max auf dem Hof seiner Vorfahren

Dann aber, an einem freien Sonntag mit herrlichem Spätsommerwetter, entschloss sich Max, zum Hof seiner Vorfahren hochzuwandern.

Er hatte sich schon in München entsprechend eingekleidet und einen Rucksack gekauft. Heute nun ließ er sich von seiner Wirtin Proviant und Getränke herrichten und marschierte bereits früh um sechs Uhr los.

Zunächst ging es über eine geteerte Straße bis zum Ende des Dorfes, und nach dem letzten Bauernhof, dem Haus von Bauer Seppl und seiner großen Wiese, musste er in den Wald hinein abbiegen. Da er von seinem Vater präzise Angaben und Aufzeichnungen über dessen Jugend und auch über den Unfallhergang bekommen hatte, konnte er die Stelle auf der Wiese, wo der Schlitten zum Liegen gekommen war, sehr gut ausmachen.

Ab da folgte er der schmalen Schotterstraße und Schritt für Schritt bergauf. Er schaute die ganze Zeit auf die Beschreibungen, und gleichzeitig achtete er auf den Weg und suchte nach den markanten Stellen. Der nächste Ort zum Innehalten war also die Lichtung, die Johann seinerzeit zum Ausruhen ausgesucht hatte. Max blickte zwischen den Bäumen nach unten, und ihm war sofort klar, dass die Familie hier so gut wie keine Chance gehabt hatte, den Unfall zu überleben.

Mit einem Seufzer ging er weiter. Nach etwas mehr als zwei Stunden sah er das Ende des Waldes, viele Bergwiesen und mehrere Wege, die zu verschiedenen Höfen und Almen führten.

Nach dem Wald einfach immer nur geradeaus bis zum Gatter, so hatte sein Vater in den Aufzeichnungen geschrieben. Also hielt er sich daran und war jetzt so neugierig, dass er mit riesigen Schritten die letzten Höhenmeter bis zum Hof seines Großvaters überwand.

Und dann stand er da, direkt am Gatter. Vom schnellen Laufen war er völlig außer Atem, sein Puls raste. Irgendwie war ihm ganz flau im Magen, obwohl er zu dem Hof keine persönliche Verbindung hatte, die ihn emotional berühren könnte. Aber schon alleine die bildhaften Erzählungen und Berichte seines Vaters sorgten dafür, dass er das Gefühl hatte, hier schon einmal gewesen zu sein.

Aufmerksam erkundete er den Innenhof. Zuerst den Stall, der sicher seit ewigen Zeiten leer stand, denn das verschmutzte Stroh war völlig vertrocknet und verstaubt. Dann den Hühnerstall, der ihm mit den vielen Spinnweben vorkam wie eine Kulisse für einen Horrorfilm, und schließlich den Schuppen, der aber gänzlich leer war. Sein Vater hatte ihm ja erzählt, dass Heinrich alles verkauft hatte. Der Hof war unbewohnt und verlassen, das konnte man ganz deutlich sehen.

Zaghaft drückte er nach einer Weile die Klinke der

Haustür hinunter, und zu seiner Verwunderung öffnete sie sich.

»Hier ist ja noch nicht mal abgeschlossen. Na, wo gibt's denn so was?«, murmelte er.

Vorsichtig trat er ein. Er hatte ein schlechtes Gewissen. Immerhin könnte der Hof jetzt irgendjemand anderem übergeben worden sein, und dann würde er hier ungefragt eindringen. Aber nein, was er sah, das war eindeutig. Hier lebte seit langer Zeit niemand mehr, und es kam ihm vor wie ein Relikt aus längst vergangener Zeit.

Ein Heimatmuseum fiel ihm dazu ein. Ja genau, ein Heimatmuseum könnte das sein. Seine Augen schauten sich um. Eine Wohnküche mit einem alten Herd, einem Tisch, zwei Bänken, einer Waschschüssel und einem kleinen Küchenschrank. Wenig Geschirr, ein heruntergekommenes Sofa. Das war es.

Max fuhr sich durch die Haare und drehte sich im Kreis. Wie konnten hier in diesem Raum fünf Menschen glücklich sein? Er setzte sich an den Küchentisch. Da standen doch tatsächlich noch zwei Kaffeetassen, der vielleicht einmal vorhandene Kaffee war verdunstet. Könnte es sein, dass es sich um die Tassen seiner Großeltern handelte? War das die letzte Szenerie gewesen, ehe sie sich auf den Schlitten setzten? Aber nein, sein Vater war ja mit seiner Schwester hier geblieben. Waren das dann ihre Milchtassen? Wie dem auch sei, es war gespenstisch.

Benedikt hatte ihm auch erzählt, dass er heute noch sein Zuhause riechen könne, dass der Geruch der Suppe und der Duft seiner Mutter immer noch in seiner Nase auftauchen würden, gerade dann, wenn er intensiv in die Zeit als Kind eintauchte.

Max schüttelte zum x-ten Mal den Kopf. Sie mussten sich wirklich alle sehr geliebt haben, um das hier schön zu finden.

Dann erhob er sich und betrat das Schlafzimmer. Völlig erschüttert blickte er sich darin um. Neben dem Bett, das noch zerwühlt war, stand ein Hocker, darauf eine Schüssel, und daneben lagen zwei Handtücher, weiße Leinenhandtücher.

»Mein Gott, die Wadenwickel für die kleine Anna«, rief er.

Irgendwie war das alles unwirklich, und doch konnte er noch die ganzen Wahrheiten von vor nahezu sechzig Jahren sehen und nachempfinden.

Während sich seine Gedanken überschlugen, eilte er die Treppe hoch, um sich die restlichen Räumlichkeiten auch noch anzusehen, aber es gab nur zwei spärliche Kammern, in denen die Kinder genächtigt haben mussten.

Mit schnellen Schritten verließ er das Haus wieder. Er brauchte dringend frische Luft und rannte schwer atmend bis zum Gatter. Die Besichtigung hatte ihn sehr mitgenommen, weil er dank der Schilderungen seines Vaters fast jedes Detail des Hofes einer bestimmten Situation zuordnen konnte.

Vor dem Gatter stand eine Bank direkt neben einem verwilderten Rosenstrauch, und weil er von den Eindrücken so erschöpft war, ließ er sich einfach darauf fallen und vergrub das Gesicht in den Händen.

Als er nach einer Weile den Kopf wieder hob, sah er zum ersten Mal diesen faszinierenden Panoramablick und die gegenüberliegenden Berge. Heute war das Wetter gut, er konnte bis ins Tal blicken. Auf halber Höhe lag das Dorf *Wiesen*, und ganz unten blinkten die Fensterscheiben der Kleinstadt in der Nachmittagssonne.

»Was für ein Postkartenidyll!«, rief er und breitete die Arme aus. Dann erhob er sich, formte mit den Händen einen Trichter vor seinem Mund und schrie ins Tal: »Ich möchte den Hof haben, ihn herrichten und meinem Vater eine große Freude bereiten!«

Während er mit dem Abstieg begann, flüsterte er: »Und wer weiß, vielleicht finde ich auch seine verlorenen Weihnachtskugeln.«

Völlig erschöpft kam er unten an und zog sich auf sein Zimmer im Gasthaus zurück. Nach einer ausgiebigen Dusche legte er sich aufs Bett und ließ den Tag an sich vorbeiziehen. In seinem Kopf summte es wie in einem Bienenstock, und trotzdem schlief er relativ schnell vor Erschöpfung und ohne Abendessen ein.

Max wollte sein Vorhaben, den Hof seiner Großeltern zu reaktivieren, möglichst schnell umsetzen, weil er dafür nur noch wenige Wochen vor dem Winter nutzen konnte.

»Könntest du zwei Tage lang meinen Dienst übernehmen?«, fragte er deshalb seinen Kollegen gleich am nächsten Tag.

Daniel war gerade in eine Isobarenkarte auf seinem

Computer vertieft.

»Klar. Hast du was Wichtiges vor?«

»Ja, ich habe mir den leerstehenden Hof meiner Vorfahren angeschaut und will ihn wieder zum Leben erwecken.«

»Oh, das ist schön. Ich habe auch noch so ein altes Gehöft, das meine Mutter erwähnte. Pauline würde es gerne als eine kleine Alm bewirtschaften. Mal sehen, wie es da oben aussieht. Ich hatte noch keine Zeit.«

Max lachte.

»Na, dann haben wir auch privat die gleichen Aufgaben. Wo ist denn deine Alm?«

Daniel löste den Blick von seinem Monitor, stand auf und sah Max belustigt an.

»So genau weiß ich das nicht. Aber meine Mutter hat mir vor ihrem Tod erzählt, dass es ein kleiner Hof sein soll. Sie selbst sei aber nie dort gewesen, weil ein Fluch auf dem Hof liegen würde. Die Geister, die dort leben, werden dich verjagen oder umbringen. Lass die Finger davon, sagte sie mir eindringlich, ehe sie starb.«

»Wie heißt denn der Hof?«

»Der trägt den Mädchennamen meiner Mutter, nämlich Hofer. Mein Großvater hatte damals die Waisen seines Bruders aufgenommen. Soviel ich weiß, haben sich aber die undankbaren Bälger vom Acker gemacht und sind nie wieder aufgetaucht. Deshalb fiel der Hof an meinen Großvater und dann an meine Mutter.«

»Waaas?«

159

Max wurde ganz blass um die Nase. Ihm war, als hätte man ihm mit einem Hammer auf den Kopf geschlagen. Konnte es sein, dass Daniel gerade von seiner Familie, also von seinem Vater Benedikt und Tante Elena sprach? Aber ja, das konnte gar nicht anders sein. »Was redest du denn da?«, rief er plötzlich. Seine Augen stachen hervor und blitzten.

»Wieso regst du dich darüber auf, was meine Familie mit ihren Höfen erlebte?«

Auch Daniels Zornesader schwoll nun an.

Max lief aufgeregt hin und her.

»Wie hieß deine Mutter noch mal?«

»Was geht dich das an? Wir sind nichts weiter als Arbeitskollegen.«

Daniel war jetzt auch richtig sauer. Welches Getier hatte denn Max plötzlich gebissen, dass er dermaßen überdrehte? Obwohl, es sollte ihm auch egal sein, und deshalb antwortete er höflich: »Ich habe nichts zu verbergen. Katharina hieß meine Mutter. Ganz einfach Katharina.«

Max zog ein Heftchen aus der Hosentasche. *Katharina, die Schwester von Arthur, dem Dreckschwein, und beide sind die Kinder von Heinrich und Franziska Hofer*, las er.

Nach einer gefühlten halben Stunde schaute er Daniel ernst an, um dann die Wahrheit auszupacken.

»Na prima! Von wegen, das geht mich nichts an. Ich bin Max, der Sohn von Benedikt Hofer. Mein Vater ist einer von den zwei Bälgern, die einfach abgehauen sind. Alles klar?«

Daniel stand mit offenem Mund und rudernden

160

Armen da. Sein Gesicht war krebsrot vor Zorn – oder auch vor Unsicherheit? Schließlich deutete er auf seinen Brustkorb und dann auf den von Max.

»Und das heißt jetzt was?«

»Das heißt, dass wir verwandt sind und dass du dir mein Erbe unter den Nagel gerissen hast!«, schrie Max und packte Daniel am Hemdkragen.

»Und dann erkläre mir mal, warum du angeblich euer Elternhaus von der Gemeinde abgekauft und nicht geerbt hast? Wie geht denn so was? Kann es sein, dass mein Großvater als Sohn nicht auch erbberechtigt gewesen wäre?«

»Ich weiß es nicht«, antwortete Daniel geschockt. Er wollte nicht, dass seine Mutter mit Schmutz beworfen wurde. Andererseits wusste er nicht viel über die Geschichte seiner Familie.

»Aber ich werde es herausbekommen, und bis dahin kämpfe ich um mein Erbe, darauf kannst du wetten.«

»Das werde ich auch tun, darauf kannst du dich verlassen, denn ich vertrete die Rechte meines Vaters und die von Tante Elena«, verkündete Max mit schneidender, eiskalter Stimme und verließ das Büro.

In den nächsten Wochen war die Situation fast unerträglich. Einerseits hätten sich die beiden Männer aussprechen können, anderseits hatten sie aber nicht genügend Hintergrundinformation über die bewusste Zeit und auch nicht über die Vorkommnisse von damals.

Im Prinzip war jetzt zwischen den Enkeln die gleiche Situation eingetreten wie seinerzeit zwischen den Vätern und zuvor auch zwischen den Großvätern. Nichts als Missgunst, Neid oder auch Hass.

Daniel und sein Erbe

Eines Abends saß Daniel im Wohnzimmer und hatte die Unterlagen seiner Mutter ausgebreitet. Zunächst stellte er fest, dass das Haus, in dem er jetzt wohnte, ehemals das Elternhaus seiner Großmutter Franziska war und nicht das Elternhaus der Brüder Hofer. Dass die Gemeinde das Haus damals übernommen hatte, war der finanziellen Not seiner Großmutter geschuldet, aber aus heutiger Sicht immer noch besser, als wenn es ein Fremder erworben hätte. In diesem Fall hätte er, Daniel, das Haus bestimmt nicht zurückkaufen können.

Die Wohnzimmertür wurde ungestüm aufgerissen, und Julian stürmte herein.

»Papa, Papa, ich wollte dich was fragen.«

Daniel schaute auf und lächelte.

»Hallo, mein Junge. Wir haben uns ja vor lauter Arbeit ein paar Tage gar nicht gesehen, weil du schon geschlafen hast, wenn ich heimkam.«

»Bist du denn jetzt wieder öfter abends hier?«

»Ich hoffe, dass es immer ein bisschen besser wird. Und, was willst du von mir wissen?«

Julian setzte sich auf den Stuhl neben ihn.

»Greta hat uns eine ganz tolle Geschichte erzählt.«

»Na, das ist doch nett von ihr.«

»Ja, es soll eine wahre Geschichte sein, eine, die allen

Kindern im Dorf immer zu Weihnachten erzählt wird. Es ist eine ganz lange Geschichte.«

»Da bin ich aber gespannt. Die musst du mir irgendwann auch erzählen.«

Julian schüttelte den Kopf.

»Das kann ich nicht, Papa. Das ist so viel, dass ich mir nicht alles haargenau merken konnte.«

»Also gut, dann frage ich eben Greta, ob sie mir die Geschichte erzählt. Aber ich weiß immer noch nicht, weswegen du gekommen bist.«

»Ich wollte dir erzählen, dass es in der Geschichte einen Sohn mit dem Namen Daniel gibt. Und wir wohnen in dem Haus, wo ein Junge vor langer Zeit Weihnachtskugeln versteckt hat.«

Daniel wurde hellhörig.

»Aha. Hast du dir denn noch etwas gemerkt?«

»Ja, aber das ist mir heute zu viel. Ich bin jetzt müde. Gute Nacht, Papa.«

Daniel strich ihm zärtlich über den Kopf.

»Gute Nacht, Julian.«

Greta hatte wohl eine Geschichte erzählt, die sich auch hier im Hause zutrug. Er musste mit ihr reden, vielleicht wusste sie noch mehr.

Dann vertiefte er sich wieder in die Unterlagen. Zunächst fand er Urkunden vom Haus seines Vaters in Wien. Anhand eines Schriftwechsels erfuhr er außerdem, dass dieser noch relativ jung an Krebs verstorben war.

Daniel schaute auf. Ja, er konnte sich noch daran erinnern, dass die Erkrankung und der Tod sehr schnell und dadurch auch überraschend kamen. Er war gerade fünfzehn geworden, als sein Vater starb, aber welche Krankheit er hatte, das sagte ihm seine Mutter damals nicht.

Die Zeit danach verlief aus seiner Sicht ruhig und in Harmonie. Zwar hatte ihm der Vater als männliches Vorbild gefehlt, aber seine Mutter tat alles Menschenmögliche, um ihm den Weg ins Erwachsenenleben angenehm zu gestalten. Dies war umso leichter, als sein Vater gut für seine Familie vorgesorgt hatte. So hinterließ er ein beträchtliches Vermögen und ein schönes Haus in einem der Randbezirke von Wien.

Katharina ließ ihm die freie Berufswahl. So entschied er sich für Naturwissenschaften und Meteorologie, weil er sich schon immer dafür interessiert hatte. Später lernte er seine Frau Pauline kennen und wohnte bis vor Kurzem in einer Wohnung im ersten Stock des Hauses seiner Mutter, das ja jetzt ihm gehörte.

Auf seine Fragen nach ihrer eigenen Jugend und ihrem Zuhause hatte sie ihr ganzes Leben lang nur spärlich und, wie man ihr ansehen konnte, auch äußerst ungern geantwortet. Also ließ es Daniel auf sich beruhen. Er wusste, dass sie aus einem Bergdorf kam und bei einer Familie in der Stadt den Haushalt geführt hatte, wo sie auch seinen Vater kennenlernte. Und diese Informationen hatten ihm auch lange Zeit gereicht.

Katharina erkrankte mit Mitte fünfzig ebenfalls an Krebs. Mehr als zwei Jahre zog sich ihr Leiden hin. Eine Klinik und eine Behandlung lehnte sie wegen der schlechten Prognose aber ab. So organisierte Daniel eine Rundumpflege, und er selbst kam mehrmals am Tag in ihrer Wohnung vorbei.

Daniel stand auf und holte sich ein Glas Wein. Nachdem er sich den ersten Schluck gegönnt hatte, legte er die Sterbeurkunde, das Testament und ein paar Dokumente, die er noch nicht kannte, vor sich auf den Tisch. Dann schweifte er aber mit den Gedanken zurück zu dem Abend, an dem seine Mutter ihn gebeten hatte, neben ihrem Bett Platz zu nehmen. Sie war sehr schwach, und man brauchte kein Prophet zu sein, um zu erkennen, dass sie nicht mehr lange leben würde. Als er zur Pflegerin blickte, bestätigte diese durch ein Kopfnicken seine Vermutung.

»Ich muss mit dir reden«, flüsterte Katharina.

»Du sollst dich doch nicht anstrengen. Alles ist okay.«

Sie schüttelte leicht den Kopf.

»Ich habe alles geregelt. Aber ein paar Dinge möchte ich dir noch mit auf den Weg geben.«

Daniel kamen die Tränen, die er mit aller Macht verhindern wollte.

»In den Unterlagen findest du Aufzeichnungen über ein Grundstück und ein Haus in einem kleinen Bergdorf namens *Wiesen* im Salzburger Land. Es ist meine Heimat, aber ich habe nicht sehr viele gute Erinnerungen an meine Kindheit, deshalb habe ich so gut wie nie darüber gesprochen.«

Katharina atmete schwer und röchelte leise beim Sprechen.

»Mama, mach eine Pause oder erzähl mir das mor-

166

gen.«

Sie schüttete den Kopf.

»Nein, jetzt.«

»Gut, wie du möchtest.«

Er nahm ihre Hand.

Dann erzählte sie zusammengefasst die wichtigsten Vorkommnisse aus dieser Zeit. Als sie ihm schilderte, wie es ihr bei Bauer Leitner ergangen war, liefen ihm erneut die Tränen aus den Augen.

»Weine nicht, mein Sohn, das war Gottes Strafe. Ich musste das auch mitmachen, was ich Elena und Benedikt angetan hatte. Aber ich war nicht alleine so grässlich zu ihnen, und ehrlich gesagt finde ich immer noch, dass die beiden undankbar waren. Und es lag auch ein bisschen an der Zeit. Damals musste man ums Essen kämpfen, und alle Kinder wurden zur Arbeit herangezogen.«

»Ist ja gut, gräme dich nicht. Die Zeiten waren andere, und du bist nicht schuld.«

Sie winkte ab, soweit ihr Arm ohne Kraft ihrem Geiste folgen konnte. Aber Daniel wusste, wie sie das meinte.

»Noch etwas. Es gibt oben auf dem Berg noch den Hof, der eigentlich den beiden Kindern gehörte. Als die plötzlich verschwunden waren, hat mein Vater versucht, ihn zu verkaufen. Es gelang ihm aber nicht, weil er, wie ich dir erzählt habe, zusammen mit meinem Bruder ums Leben kam.

In den Papieren findest du einen Grundbuchauszug für den Hof, der allerdings auf Johann Hofer lautet.

Dazu hast du die Urkunde über die Vormundschaft meines Vaters für die Kinder, und die weist eigentlich aus, dass mein Vater die Entscheidung über Haus und Hof hatte. Es kann sein, dass er doch verpachtet oder verkauft hat, wer weiß das schon. Wenn der Hof noch im Familienbesitz ist, dann bitte ich dich, nie den Boden zu betreten. Dieser Hof ist von bösen Geistern umgeben. Alle, die dort hingehen, müssen sterben. Tu mir einen Gefallen und bleib da weg.«

»Gut, das mache ich.«

»Und dann ein Letztes: Das Haus meiner Eltern ist auch mein Elternhaus, und nun wird es auch deines. Meine Mutter hatte alles verloren, und die Gemeinde *Wiesen* übernahm unser Haus für wenig Geld. Ich wäre dir dankbar, wenn du es zurückkaufen könntest. Dann würde sich der Kreis schließen, und der Familienbesitz wäre wieder da, wo er hingehört.«

Es war der Abend, an dem seine Mutter verstarb.

Daniel kehrte zurück aus der Vergangenheit. Wieder standen ihm die Tränen in den Augen.

Heute nun saß er vor den restlichen Unterlagen. Er hatte sich vor einiger Zeit nur um das Elternhaus gekümmert, und zwar zufällig an dem Tag, an dem eine Stelle in *Wiesen* ausgeschrieben war. Ganz spontan hatte er sich beworben und es als Wink des Schicksals betrachtet. Mittlerweile wohnte er hier im Elternhaus seiner Mutter.

Er nahm einen Schluck aus seinem Weinglas und

nahm sich die Unterlagen über den Hof auf dem Berg und die Kinder Elena und Benedikt vor.

Er würde Max erst einmal nicht nachgeben. Zumindest so lange nicht, bis juristisch geklärt war, wem der Hof gehörte. Bis dahin würden sie beide Feinde sein.

Max und Daniel

Das ging so lange weiter, bis dem Bürgermeister von *Wiesen* der Kragen platzte, weil Max und Daniel unabhängig voneinander bei ihm auftauchten und im Prinzip die gleichen Fragen stellten.

Max bekam dann die Zurechtweisung in vollem Umfang ab.

»Mein lieber Herr Hofer, ich kann ja verstehen, dass Sie wissen wollen, was damals passiert ist. Aber auch ich bin eine Generation weiter und kenne die Geschichte in der Hauptsache aus Überlieferungen und Erzählungen – mit Ausnahme der Eintragungen in den Geburtenregistern und im Grundbuch. Ich möchte Sie ersuchen, sich mit Daniel Gruber zusammenzutun. Sie müssen die alten Einträge sichten und sich austauschen. Dazu können vielleicht auch ihr Vater und seine Schwester einiges betragen. Im Gegensatz zu den Grubers leben Ihre Angehörigen ja noch.«

Max war beschämt. Natürlich hatte der Bürgermeister recht. Die ganze Zeit hatte er diesen Hass der Familien von damals einfach übernommen und Daniel verdächtigt, ihm den Hof wegnehmen zu wollen. Betreten blickte er den Bürgermeister an.

»Sie haben natürlich die Situation richtig eingeschätzt, ich bin über das Ziel hinausgeschossen. Mir klingen einfach die Berichte meines Vaters in den Ohren, und ich habe mir gar nicht das angehört, was Daniel von seiner Mutter erfuhr.«

Der Bürgermeister lachte.

»Selbst eine späte Einsicht ist eine gute Einsicht. Einen Tipp habe ich noch für Sie: Gegenüber der Familie Gruber wohnt die Greta. Sie ist fünfundneunzig Jahre alt und meiner Meinung nach die einzige Person, die vieles aus der tatsächlichen Erinnerung wiedergeben kann.«

»Oh, das ist interessant. Ich danke Ihnen ganz herzlich und verspreche, mich zu bessern.«

Am selben Abend klingelte er bei Daniel. Dieser öffnete selbst die Tür und begrüßte ihn sehr zurückhaltend.

»Du, Max? Was führt dich zu mir?«

»Ich wollte mit dir in Ruhe reden, ohne Hintergedanken.«

Erwartungsvoll sah Max Daniel in die Augen und versuchte, in seiner Mimik zu erkennen, ob er zugänglich war.

Daniel fuhr sich mit gespreizten Fingern durch die Haare.

»Ich weiß nicht. Wir haben nicht viel zu bereden, weil jeder von uns seine festgefahrene Meinung hat.«

»Nein, das stimmt nicht. Der Bürgermeister hat mir heute den Kopf gewaschen, übrigens stellvertretend für uns beide. Darf ich reinkommen?«

Daniel überlegte noch einen kurzen Moment, dann hielt er einfach die Tür auf und trat beiseite.

Anschließend führte er seinen Besucher über den Hof in den Schuppen. Dort hatte er sich ein Büro und einen Hobbyraum eingerichtet. Max schaute sich um. Es war ein einfaches, aber sehr gemütliches Büro, eines, in dem man sich gerne aufhielt.

»Setz dich bitte.«

Daniel deutete auf die Sitzgruppe am anderen Ende des Raumes. Dann holte er zwei Flaschen Bier aus dem Kühlschrank, öffnete sie und reichte Max eine davon. Er lächelte ihn vorsichtig an.

»Ich finde, wir sollten uns vor Augen führen, dass wir eine Familie und keine Feinde sind.«

Max streckte ihm spontan seine Flasche entgegen. »Prost!«

Die Stimmung entspannte sich, und nachdem einige Höflichkeiten ausgetauscht waren, konnten sie in aller Ruhe auf die Familie eingehen.

»Lass mich mal bitte zuerst meine Familiengeschichte erzählen«, bat Daniel, »denn wir sitzen hier im Haus meiner Eltern.«

Max nickte ihm entspannt zu.

»Ich kann dir aber nur das erzählen, was meine Mutter als ihre Wahrheit angesehen hat.«

»Aber ja, das verstehe ich.«

Max lehnte sich zurück.

»Meine Mutter hat nicht sehr viel über deinen Vater und deine Schwester gesprochen. Über deine Großeltern sagte sie nur, dass sie damals im Oktober mit der kleinen Anna vom Berg mussten, weil sie krank war. Sie kamen in einen Schneesturm und verunglückten. Der damalige Bürgermeister bat dann meine Großeltern, deinen Vater und deine Schwester aufzunehmen, nachdem er sie vom Berg geholt hatte.«

Daniel machte eine Pause und atmete tief durch.

»Die beiden waren um die zwei Jahre bei ihnen, und sie meinte, dass sie ziemlich undankbar gewesen seien.«

»Oh Mann, das war eine Lüge. Du solltest dir mal die Geschichte meines Vaters anhören. Die mussten von morgens bis abends schuften und bekamen kaum was zu essen.«

»Das ist deine Version, Max.«

»Nein, das ist der Bericht meines Vaters. Und der kann uns das noch selbst bestätigen.«

»Soll ich weitererzählen, oder wollen wir uns wieder streiten?«

»Ich will mich nicht streiten. Aber die Wahrheit muss gesagt werden.«

Max verschlang die Hände ineinander und versuchte, sich zur Ruhe zu zwingen.

»Ich glaube dir ja, dass du nicht streiten willst. Und ich werde sicher noch Gelegenheit bekommen, deinen Vater zu treffen. Aber verstehst du bitte auch mich? Meine Mutter ist tot, sie war zu der Zeit ein junges Mädchen. Vielleicht werden wir noch hören, dass auch sie Fehler gemacht hat. Trotzdem möchte ich nicht, dass sie mit Schmutz beworfen wird.«

Max nickte.

»Das verstehe ich. Erzähl einfach weiter.«

»Sie sagte mir, dass sie und ihr Bruder Arthur netter zu den Waisen hätten sein können oder auch müssen. Aber sie meinte auch, dass es eine schwere Zeit war, dass man ums Leben und Überleben kämpfen musste und eben zwei vermeintliche Eindringlinge, mit denen man teilen musste, nicht gerade gerne gesehen waren.«

»Sie hatte sich das schlicht und ergreifend schöngeredet im Laufe ihres Lebens, Daniel.«

Der zuckte die Schultern. Er wollte nicht schon wieder diskutieren. Deshalb sprach er einfach weiter.

»Eines Tages waren die beiden Geschwister einfach weg. Niemand wusste, wo sie hingegangen waren, und niemand hat je wieder etwas von ihnen gehört.«

»Wie ging es dann mit deinen Großeltern weiter?«

»Mein Großvater wollte anschließend den Hof deines Großvaters verkaufen. Er hatte seinen Sohn Arthur mit auf den Berg genommen. Aber der Käufer wollte nicht. Seltsam war, dass mein Großvater dann bei der Abfahrt zusammen mit Arthur genau an der gleichen Stelle tödlich verunglückte wie einst deine Großeltern.«

Max sprang auf und tigerte durch den Raum.

»Das ist aber mehr als seltsam. Solche rätselhaften Zufälle gibt es doch nicht.«

Er setzte sich wieder hin.

»Und dann, was geschah dann?«

174

»Meine Großmutter schaffte die Arbeit alleine mit meiner Mutter nicht, zumal sie ihr auch nicht viel half.

Das Haus wurde vernachlässigt, die Kühe nicht richtig versorgt. Die Milch wurde immer weniger, und so dauerte es nicht ganz zwei Jahre, bis meine Großmutter an einem Herzinfarkt starb. Meine Mutter kam zu einer Pflegefamilie, die gleichzeitig ihr Vormund wurde. Das Haus hier wäre versteigert worden, wenn es nicht die Gemeinde für kleines Geld gekauft hätte, um Familien in Not darin unterzubringen.

Meiner Mutter ging es bei der Pflegefamilie ganz schlecht. Am Ende ihres Lebens sagte sie zu mir, dass das die Strafe dafür gewesen sei, dass sie zu deinem Vater und seiner Schwester nicht nett genug war. Was sie da erlebte, trieb mir die Tränen in die Augen. Später dann wurde sie an einen Stadthaushalt verkauft, wo sie meinen Vater kennenlernte. Er war Lehrer in Wien und verbrachte seine Ferien in der kleinen Stadt. So kam es, dass sie doch noch ein zufriedenes Leben mit mir und meinem Vater führen durfte. An ihrem Totenbett sprach sie über ein paar Unterlagen und bat mich, wenn möglich dieses Haus hier von der Gemeinde zurückzukaufen. Es ist übrigens das Elternhaus meiner Großmutter Franziska und nicht das von Johann und Heinrich.

Und dann hatte sie noch eine handschriftliche Aufzeichnung über die Lage von Johanns Hof, der allerdings das Elternhaus der beiden Brüder war. Zum Schluss sagte sie noch, dass ich da oben unbedingt wegbleiben soll, weil sonst wieder ein Unglück geschehen würde.«

Max war das klar.

»Das verstehe ich total, dass sie da Ängste hatte. Und wie kam es, dass es mit dem Haus geklappt hat und auch noch mit dem Job bei uns in der Firma?«

Daniels Augen begannen zu leuchten.

»Das Haus hat mich Nerven und viele Überredungskünste gekostet. Aber die Gemeinde hat letztlich zugestimmt. Und der Job war zufällig ausgeschrieben. Ich war ja bisher in Wien und konnte das prima intern regeln.«

»Na, das ist doch eine runde Sache. Aber warum wolltest du in das Tal deiner Vorfahren?«

»Das weiß ich nicht. Intuition vielleicht? Und du, warum bist du hierhergekommen?«

Max musste nicht nachdenken, bevor er antwortete.

»Ich wurde von der Betriebsleitung gebeten, zwei Jahre lang hier aufzubauen. Erst war ich geschockt und entsetzt. Als dann aber mein Vater mich fragte, wo ich denn hinmüsse, fiel ihm der Telefonhörer aus der Hand, und zum ersten Mal seit Jahrzehnten sprach er wieder über die damalige Zeit.«

»Das ist dann aber auch ein merkwürdiger Zufall.«

Daniel lachte, stand auf, ging zum Kühlschrank und holte noch zwei Flaschen Bier.

»Ja, das stimmt. Unsere ganze Familie lebt ihr Leben wohl nach den Regeln von Vorsehungen oder Zufällen.«

»Wie erging es deinem Vater, nachdem er von hier weggegangen war?«

»Er hat sich mit Elena den Schwabenkindern angeschlossen.«

»Oh, wie traurig«, murmelte Daniel.

Max bekam wieder eine Gänsehaut.

»Ich hatte irgendwann zuvor durch einen spannenden Film erfahren, wie das damals war. Deshalb musste er mir das nicht erklären.«

»Ich kenne den Film auch. Er geht einem ziemlich zu Herzen.«

»Der Weg durch Kälte und Schnee war schwer und schmerzhaft. Und die Arbeit war kein Zuckerschlecken.«

»Ich weiß. Hat mein Opa die beiden verkauft?«

»Nein, aber Arthur hatte Elena aufgefordert, den Oberkörper freizumachen, und dann hat er sie mit einem Stock verprügelt. Daraufhin hat sich mein Vater mit ihr zusammen den Schwabenkindern angeschlossen.«

Max erhob sich, öffnete das Fenster und sog frische Luft in seine Lungen.

»Puh! Jetzt kann ich deine Erregung verstehen«, flüsterte Daniel und fuhr sich mit der Hand über die Augen.

»Wie ging es mit ihnen weiter?«

»Sie hatten Glück. Die Bäuerin des Hofes, der sie ersteigerte, hat sich gut um sie gekümmert. Und später hat mein Vater die Tochter des Hofes geheiratet. Auch Elena geht es gut, sie lebt in der Schweiz. Also auch sie beide hatten dann später noch ein gutes Leben.«

Max nahm den letzten Schluck aus seiner Flasche.

»Weißt du, was der Bürgermeister heute noch gesagt hat? Gegenüber von deinem Haus wohnt eine Frau namens Greta. Sie soll fünfundneunzig Jahre alt sein, und sie sei die Einzige, die das alles noch miterlebt hat und uns vielleicht davon erzählen kann.«

»Greta? Ja, das ist das Haus schräg gegenüber von uns. Meine Kinder gehen gerne zu ihr rüber.«

Daniel hielt kurz inne und tippte sich an die Stirn. »Jetzt fällt es mir ein, Greta kennt angeblich eine Weihnachtsgeschichte, die wahr sein soll. Julian sprach von verlorenen Weihnachtskugeln. Wir sollten sie besuchen. Vielleicht erfahren wir etwas, das wir noch nicht kennen.«

Max presste vor Schreck die Hand auf den Mund. »Die Frau weiß was über die verlorenen Weihnachtskugeln?«

Daniel zuckte die Schultern.

»Ich glaube ja, aber ich weiß nichts darüber. Du etwa?«

Max nickte und fuhr sich durch die Haare.

»Ja klar, das gehört zur Geschichte meines Vaters und seinen Eltern, das kannst du nicht wissen. Es ist der größte Traum meines Vaters, die verlorenen Weihnachtskugeln wiederzufinden.«

»Dann lass uns mit Greta sprechen.«

»Ich würde gerne zuerst im Namen von uns beiden Kontakt mit einem Anwalt aufnehmen. Mir liegt viel

178

daran, dass sich die beiden Familien jetzt in der dritten Generation versöhnen. Dazu müssen die Eigentumsrechte geklärt sein. Wenn wir das wissen, dann können wir die Geschichten zusammenfügen und aufarbeiten.«

Daniel erhob sich und schritt zum Fenster. Nach einer Weile drehte er sich um.

»Gut, ich bin einverstanden. Ich möchte aber dem Wunsch meiner Mutter entsprechen und vorläufig nicht zum Hof hinaufgehen. Zumindest so lange nicht, bis wir genau wissen, was sich da an Geschichten und Sagen drum herumrankt.«

Die Familienzusammenführung

Max fuhr am nächsten Morgen in die Stadt. Er hatte sich bei einer Kanzlei einen Termin geben lassen.

Als ihn die Sekretärin in das Büro von Dr. Miriam Holzer, der Anwältin, führte, blieb er wie vom Donner gerührt stehen. Ihm kam eine Frau entgegen, die ihn sofort in ihren Bann zog. Groß, schlank, mit braunen, schulterlangen Haaren, in einem taubenblauen Businesskostüm und weißer Bluse. Sie trug High Heels, die ihr sexy Aussehen unterstrichen. Ihre braunen Augen strahlten. Sie begrüßte ihn herzlich, aber zurückhaltend und bat ihn, Platz zu nehmen.

Nachdem sie alle Unterlagen gewissenhaft geprüft hatte, war die Angelegenheit für sie klar.

»Das ist eine eindeutige Sachlage, Herr Hofer. Das Grundbuch weist grundsätzlich den Eigentümer aus. Also war das Ihr Großvater. Da er nicht mehr lebt, geht der Hof je zur Hälfte auf Ihren Vater und auf seine Schwester über.«

Max konnte sich gar nicht konzentrieren. Jetzt war er schon so alt, Mitte vierzig, und noch nie war ihm eine Frau über den Weg gelaufen, die ihn so faszinierte. Bisher hatte er immer kurze Beziehungen gehabt, die sich schnell wieder auflösten. Inzwischen dachte er sogar, dass er beziehungsunfähig sei.

»Oh, dann ist die Sache jetzt geklärt«, sagte er nur. »Muss ich noch einen Erbschein beantragen?«

»Das kann ich für Sie erledigen, und wenn Sie mögen, kann ich auch den Grundbucheintrag veranlassen. Mein Partner ist auch Notar, also geht das.«

»Das ist aber nett, vielen Dank.«

»Gern geschehen.«

Max druckste ein wenig herum.

»Ich habe da noch eine nicht ganz übliche Frage.«

Sie lächelte ihn an, während sie bereits aufstand. »Aber bitte, was kann ich noch für Sie tun?«

»Dieser Hof bedeutet meinem Vater und mir sehr viel. Das hat was mit der sehr schwierigen Lebensgeschichte meiner Familie zu tun, und nun kann ich meinem Vater und seiner Schwester die größte Freude ihres Lebens machen. Ich würde das gerne ein bisschen feiern, mit einem schönen Essen und einem Glas Wein. Darf ich Sie vielleicht einladen?«

Miriam war zunächst etwas verlegen. Die ganze Zeit schon hatte sie sich diesen Traummann angeschaut und alle Mühe gehabt, sich auf den Sachverhalt zu konzentrieren. Ein blonder Mann mit blauen Augen und einem gestählten Körper. Zum ersten Mal konnte sie sich der Anziehungskraft eines Mannes nicht entziehen, was sie sehr nervös machte. Sie lächelte ihn unsicher an.

»Ja, gerne«, hörte sie sich sagen.

»Das freut mich. Ich hole Sie gegen acht Uhr ab, wenn Sie mir sagen wo.«

Max fuhr aber zunächst mit seiner Freude und seinen Schmetterlingen im Bauch ins Dorf zum

Gasthof.

In seinem Zimmer angekommen breitete er seine Unterlagen aus, und dann konnte er es kaum erwarten, mit seinem Vater zu telefonieren.

»Hallo Papa«, rief er dann auch froh gelaunt in den Hörer.

»Na, mein Sohn, wie geht es dir in *Wiesen*?«

»Danke. Besser, als ich dachte. Ich konnte auch schon einiges herausbekommen.«

»Aha, und was?«

»Hm, alles will ich dir nicht erzählen. Manches soll eine Überraschung werden.«

Benedikt lachte.

»Mach es bitte für mich alten Mann nicht so spannend.«

»Nein, keine Sorge. Also das Wichtigste ist, dass der Hof nicht weiterverkauft wurde und ihr immer noch die Eigentümer seid. Eine Anwältin wird den Grundbucheintrag vornehmen lassen.«

»Oh, das ist aber schön.«

Max hörte, wie die Stimme seines Vaters schwankte und er mit den Tränen zu kämpfen hatte. Rasch erzählte er weiter.

»Dann war ich auf dem Berg und habe mir den Hof angeschaut. Da ist alles noch so, wie ihr es verlassen habt. Sogar die Wadenwickel von Anna liegen noch da.«

Benedikt konnte sich jetzt nicht mehr zurückhalten. Die Tränen schossen aus seinen Augen, sodass Melissa, die neben ihm stand, erschrak.

»Papa, nicht weinen, bitte«, stammelte Max.

»Es wird jetzt alles gut.«

»Ja, aber plötzlich ist alles wieder da.«

»Ich weiß. Kann ich jetzt trotzdem weitersprechen?«

»Ja bitte.«

»Ich war auch im Haus von Onkel Heinrich. Dort wohnt mein neuer Kollege.«

»Und von der Familie wohnt da niemand mehr?«, wollte Benedikt neugierig wissen.

»Doch, Papa. Daniel ist einer aus der Familie.«

»Wie bitte?«

»Das habe ich zuerst auch gedacht. Er ist der Sohn von Katharina. Onkel Heinrich und Arthur sind an derselben Lichtung wie deine Eltern tödlich verunglückt, und zwar als sie den Hof deines Vaters verkaufen wollten. Franziska hat den eigenen Hof alleine ruiniert und verstarb. Katharina kam schließlich zu einer Pflegefamilie und hat dort Ähnliches erlebt, was sie selbst euch angetan haben.«

»Ach du Schreck! Was ist denn das für eine Geschichte?«

Benedikt hatte zu Beginn des Gesprächs den Lautsprecher eingeschaltet, und so konnte Melissa mithören. Auch sie schlug die Hand vor den Mund, als sie hörte, was sich Dramatisches ereignet hatte.

Max fuhr fort: »Ich habe mich sogar mit Daniel gestritten. Da ging es um die gegenseitigen Unterstellungen, was ihr beide sowie Katharina und ihre Familie falsch gemacht haben sollen. Und es ging um das Eigentum des Hofes.«

»Ach Max, du sollst dich nicht streiten.«

»Glücklicherweise hat der Bürgermeister uns beiden den Kopf gewaschen. Wir hätten beinahe genauso gehandelt wie unsere Vorfahren zwei Generationen früher.«

»Und nun? Vertragt ihr euch?«

»Ja.«

»Dann bin ich aber beruhigt.«

»So, und alle Details erzähle ich euch dann hier, wenn wir uns sehen. Ich lasse dir und Elena den Hof als Sommerhaus renovieren und herrichten. Ihr kommt dann bitte alle im Dezember. Wir feiern zusammen Weihnachten auf dem Hof.«

In den nächsten Tagen sprach Max dann alles Weitere mit Daniel ab. Zusammen besuchten sie Greta, die ihnen die ganze Weihnachtsgeschichte erzählte. Danach sahen sie alles in einem anderen Licht. Gleichzeitig waren sie aber auch schockiert über die Qualen, die die Menschen sich selbst zugefügt hatten, und ebenso erstaunt darüber, was Menschen alles ertragen und aushalten konnten.

Kurz vor Weihnachten kam die Familie von Max im Dorf an. Sie bezogen für zwei Tage im Gasthof ein Zimmer, bevor es dann auf den Hof gehen sollte. In dieser Zeit lernten sie Daniel mit seiner kleinen Familie kennen und schätzen.

Benedikt drückte Daniel fest die Hand, und sein Gesicht strahlte.

»Ich freue mich sehr, dich kennenzulernen. Und es tut mir sehr leid, was sich in deiner Familie alles zugetragen hat.«

»Danke, Benedikt. Das gilt für euch ebenso. Unsere Familien haben in einer schweren Zeit gelebt, und dann haben sie selbst auch noch so viele Fehler gemacht. Streit in der Familie ist kein guter Ratgeber.«

»Das stimmt. Dann lasst uns dafür sorgen, dass wir uns alle zusammen als eine einzige Familie sehen«, bat Benedikt feierlich.

Die verlorenen Weihnachtskugeln

Alle zusammen besuchten Greta, die ihnen noch einmal die spannende Geschichte erzählte. Zum Schluss überreichte sie Benedikt die Weihnachtskugeln, die Julian auf dem Speicher gefunden hatte. Seine Hände zitterten, als er das Kästchen entgegennahm, und dann konnten er und Elena die Tränen nicht mehr zurückhalten. Sie lagen sich in den Armen und hielten sich ganz fest.

»Nun kommt doch noch unser Weihnachten«, flüsterte Elena ihrem Bruder zu.

»Ja, Elena, das wird wirklich unser Weihnachten.«

Am letzten Abend im Gasthof, als sie alle zusammen beim Essen saßen, brachte Max seine Miriam mit.

»Darf ich euch meine zukünftige Frau vorstellen?«, sagte er und blickte strahlend in die Runde.

»Das ist Miriam, meine Anwältin und die Liebe meines Lebens. Die Liebe auf den ersten Blick, an die ich nie geglaubt habe und die jetzt auch mich eingeholt hat.«

Benedikt war für einen Moment sprachlos, denn die Überraschung war gelungen. Dann aber lächelte er.

»Was für eine Freude, mein Sohn. Ich hatte es

186

schon aufgegeben, dich eines Tages glücklich zu sehen.«

Alle stellten sich gegenseitig vor und nahmen Miriam herzlich in der Familie auf.

Am nächsten Tag ging es auf den Berg. Benedikt und Elena fassten sich an der Hand, als sie durch das Gatter schritten. Ihre Herzen klopften, und Tränen rannen ihnen über die Wangen.

Max hatte den Hof saniert und neu eingerichtet. In den Nebengebäuden befand sich eine kleine Einliegerwohnung, die er für sich selbst vorgesehen hatte. Er hatte das Bedürfnis, ab und zu hier oben mit Miriam auszuspannen. Im Alltag würde er mit seiner zukünftigen Frau in deren Haus in der Stadt wohnen.

Als Benedikt mit Melissa und Elena alleine war, schmückten sie noch den Weihnachtsbaum, denn am nächsten Tag war Heiligabend, den sie alle gemeinsam feiern würden – auch Daniel mit seiner Familie und Greta, die sie mit dem Auto hochbringen würden.

Melissa hatte sich zurückgezogen, sie würde heute ausnahmsweise das ehemalige Elternschlafzimmer alleine bewohnen. Benedikt und Elena hingegen schliefen in ihren damaligen Kinderzimmern.

Der Baum sah wunderschön aus. Sie standen davor und starrten auf die glänzenden Kugeln.

»Ich hätte niemals gedacht, dass es noch einmal wahr werden würde«, sagte Elena, und ihre Stimme bebte.

»Benedikt, ich danke dir für alles. Deine Selbstlosigkeit, deine Liebe und deine Fürsorge haben mir damals das Leben gerettet. Ohne dich hätte ich das nicht überstanden.«

»Doch, das hättest du. Aber ich habe das gerne getan, du warst und bist meine kleine Schwester.«

»Aber weißt du, mein großer Bruder, was mich trotz allem traurig stimmt?«

»Nein.«

»Ich bin traurig, weil Daniel niemanden mehr aus seiner Familie hat.«

»Ja, das stimmt. Auch die anderen Hofers mussten ihre Päckchen des Lebens schleppen.«

Mitten in der Nacht wachte Benedikt auf und schaute sich in seinem Zimmer um. Er brauchte einen Moment, um sich zu orientieren. Als er gerade aufstehen wollte, sah er seine Eltern und seine kleine Schwester Anna an der Tür stehen. Sie hielten sich an den Händen und lächelten ihn an. Keiner sagte etwas, und dann waren sie auch schon wieder weg.

Auch Elena hörte Geräusche und wachte auf. Sie wollte aus dem Fenster blicken, da sah sie ihre Eltern und die kleine Anna Hand in Hand an der Wand stehen. Sie lächelten ihr zu, aber als sie zu ihnen hingehen wollte, war da niemand mehr.

Nach einer halb durchwachten Nacht wollte Elena ihrem Bruder am nächsten Morgen erzählen, was sie erlebt hatte, und besuchte ihn in seinem Zimmer.

»Benedikt, stell dir vor…«, begann sie.

»Still! Ich weiß! Unsere Eltern sind uns immer ganz nah«, sagte er.

Dann führte er seine Schwester ins Wohnzimmer und legte den handgeschnitzten Stock seines Vaters, das Schnitzmesser und die drei kleinen Engel, die er selbst als kleiner Junge für die Toten geschnitzt hatte, auf den Tisch.

Beide sahen sich an, dann blickten sie auf den Weihnachtsbaum mit den funkelnden Kugeln und wischten sich die Tränen aus den Augen.

Zu guter Letzt stahl sich ein Lächeln in ihr Gesicht.

»Frohe Weihnachten, kleine Schwester.«

»Frohe Weihnachten, mein großer Bruder.«

ENDE

Diese Geschichte hat Ihnen gefallen?
Dann möchte ich Ihnen noch weitere Romane aus meiner Feder empfehlen:

Susis Winterreise

Eine Katzengeschichte zum Weihnachtsfest

Auf einem kleinen Bauernhof im Schwarzwald bringt Katzenmama Luna vier Babys zur Welt. Als der Bauer die kleinen Katzen entdeckt, jagt er Luna mit ihren Jungen vom Hof. Sie geraten in diverse Abenteuer, wandern durch Kälte und Schnee und suchen ein neues Zuhause. Ob sie auf ihrer Winterreise zusammenbleiben können? Eine spannende Geschichte aus dem Leben einer Katzenfamilie, die zur Advents- und Weihnachtszeit, trotz der Enttäuschung und der abenteuerlichen Reise, immer ihre Liebe und Zuneigung zu den Menschen in den Vordergrund stellt. Allen voran die kleine Susi.

Eine zu Herzen gehende Tiergeschichte rund um die Weihnachtszeit.
Dieses Buch gibt es als Hardcover – Ausgabe, ein wunderbares und dadurch ganz besonderes Geschenk für Katzenliebhaber.

ISBN 978-3740749231 Print
E-Book 978-3740720261

190

Violas Vermächtnis

Die Geschichte zweier Schicksale, die sich vor der prachtvollen, geschichtsträchtigen Kulisse der Kurstadt Baden-Baden begegnen.
Renate steht vor dem beruflichen und privaten Scherbenhaufen ihres Lebens. Doch dies bleibt nicht der einzige Schicksalsschlag, den sie einstecken muss. Im Kampf um ihre Existenz erkennt Renate schließlich die Magie des Zufalls und die starke Kraft zwischen Himmel und Erde. Auch Gero macht eine schwere Zeit durch. Als seine Schwester Viola stirbt, bittet sie ihn, eine Frau zu finden, die seine Hilfe braucht. Doch wie kann Gero diese Frau finden? Wann und unter welchen Umständen wird er ihr begegnen? Durch Zufall? Oder wird auch der Himmel seine Finger im Spiel haben?

Die Fragen und Antworten auf Zufälle und andere mystische Zufälligkeiten in verschiedenen Lebenssituationen unserer Zeit sind die perfekte Würze dieses Romans. Mehr als 20 Schwarzweiß-Fotos führen die Leser*innen an die Schauplätze in Baden-Baden.

Print 9783753454900
Ebook 9783753492650

191

Planstraße 146 – Die Straße meines Lebens

Autobiografischer Roman

Die Autorin ist auf der Suche nach sich selbst und will deshalb alles über das Schicksal ihrer Familie, die aus dem Kraichgau in Baden stammt, erfahren. Im Vordergrund stehen ihre Mutter Emma sowie ihre Großmütter Friedericke und Elisabeth. Warum haben Friedericke und Emma zu ihren dominanten Männern aufgeblickt, diese mit Gehorsam bedient und bis zu ihrem Lebensende ertragen? Wie war das damals auf dem Land, als man der jungen Friedericke ein uneheliches Kind weggenommen und sie mit dem Bauernsohn Jakob verheiratet hat? Warum hat sie ihr schweres und tristes Leben mit zwei Ehemännern und elf Kindern hingenommen und nie rebelliert? Ein zugleich einfühlsamer und spannender Roman, der die Lebenswege dreier Generationen im Rahmen der Geschichte eines ganzen Jahrhunderts nachzeichnet.

Print: ISBN 978-3- 740729318
E-Book: ISBN 978-3-740700287